Die Jahre
mit Yves

Bernadette Claquemont

Die Jahre mit Yves

Geschichte einer Liebe

Bernadette Claquemont:
Die Jahre mit Yves – Geschichte einer Liebe

In Zusammenarbeit mit / Autorenkontakt:
Tanja Hiller, www.dieschreibagentur.net

Satz & Umschlaggestaltung:
Thorsten Sander, www.herrsander.de

© 2015 Bernadette Claquemont
Verlag: tredition GmbH, Hamburg

ISBN Paperback: 978-3-7323-7609-4
ISBN Hardcover: 978-3-7323-7610-0

„Doch alles, was uns anrührt, dich und mich,
nimmt uns zusammen wie ein Bogenstrich,
der aus zwei Saiten *eine* Stimme zieht."

AUS
RAINER MARIA RILKE
„LIEBESLIED"

Inhalt

Vorwort

Hinter uns beiden liegen wunderbare gemeinsame Jahrzehnte. Nun bist du fort und fehlst mir an jedem einzelnen Tag.

Gemeinsame? Trifft es das?

Ja. Und doch wieder nicht. Im Herzen waren wir eins, aber dennoch nie das klassische Paar, das wir hätten sein wollen. Du warst mein Mann – mit einer anderen Frau. Wir beide führten drei Leben parallel. Es gab meines in Hamburg; mit meinem Sohn, mit dem Hotel, den Freunden. Es gab dein Leben im Elsass, mit deiner Ehefrau, euren Kindern, den Verpflichtungen. Und dann gab es unser gemeinsames. Vierzig Jahre intensive Liebe. Und genau so war es richtig.

Was uns beide verband, war etwas ganz Besonderes. Es lässt sich nicht zurückholen, aber festhalten – in meinem Herzen und auf diesen Seiten.

Was wäre, wenn ...

Neulich saß ich mit Freunden bei einem Glas Wein zusammen und wir kamen ins Philosophieren. Jemand aus der Runde stellte die Frage: In welcher anderen Epoche hättet ihr gerne gelebt? Ich musste nur kurz überlegen. Dann antwortete ich ganz klar: In keiner. In keinem Jahrzehnt, keinem Jahrhundert und in keinem anderen Kulturkreis hätte ich meine Beziehung zu dir so leben können wie in diesem. Eine deutsche, finanziell unabhängige alleinerziehende Mutter (schon das wäre früher kaum denkbar) und ein verheirateter Familienvater aus Frankreich – in welcher historischen Phase hätten wir beide so zueinander finden und unsere Liebe geschehen lassen dürfen? Wir sind beide im einzig richtigen Zeitalter geboren. Alles, was wir uns erlaubt und was wir uns verboten haben, entschieden wir alleine. Gesellschaftliche Zwänge gab es nicht oder wir ließen sie nicht an uns heran.

Ein Doppelleben bedeutete es dennoch, und damit besonders für dich unschöne Heimlichtuerei,

—

Ausreden, im Notfall auch Lügen. Ein schlechtes Gewissen war dein ständiger Begleiter. Manchmal kamen wir besser damit zurecht, mal weniger. Aber auch dafür haben wir einander geliebt. Hättest du dir keine Gedanken um deine Frau und deine Familie gemacht, wären meine Gefühle für dich ganz sicher nicht so tief gewesen.

Du warst ein besonderer Mann. Das wusste ich sofort, als ich dich sah. Wie wichtig du für mich werden würdest, ahnte ich natürlich nicht, aber du strahltest etwas aus, dass dich für mich von allen Männern unterschied, die ich kennengelernt hatte. Eine ganz besondere Wärme, eine Freundlichkeit, so einnehmend und echt, dass man sich in deiner Nähe sofort wohl fühlte.

Erinnerst du dich an unsere erste Begegnung? Natürlich tust du das, mir schien es manchmal, als hättest du nicht eine einzige Sekunde unserer gemeinsamen Zeit vergessen. Es war im Frühjahr 1965, ich arbeitete in dem Hamburger Hotel, das mein Vater wenige Monate zuvor gepachtet hatte. Wie immer herrschte reger Betrieb. Die meisten unserer Gäste waren Geschäftsleute aus dem In- und Ausland, die nur wenige Tage blieben. Ich mochte

—

diesen steten Wechsel. Als das Telefon an jenem Morgen klingelte, stand ich hinter dem Tresen und überprüfte unsere Buchungen. Eine Dame war am Apparat. Das Unternehmen, für das sie arbeitete, gibt es heute nicht mehr, doch damals war es sehr bekannt. Die Firma produzierte Beschichtungsmaschinen für Verpackungen. Beiersdorf war einer ihrer größten Kunden und die Ingenieure im Außendienst dafür zuständig, diesen und andere Geschäftspartner hinsichtlich des jeweiligen Maschinenbedarfs für ihr Produkt zu betreuen. Einer dieser Ingenieure warst du und verdientest damit gutes Geld.

Die Mitarbeiterin meldete deinen Aufenthalt für die kommende Woche an und klang dabei wahnsinnig wichtig. Leider waren wir nahezu ausgebucht und ich hatte keine andere Möglichkeit, als diesem „edlen" Gast ein Zimmer im Tiefparterre zuzuteilen. So ein hohes Tier, noch dazu, wie der Name verriet, Franzose, und ich schickte ihn in den Keller – das konnte ja was werden. Als du dann wenige Tage später in die Lobby tratest, musste ich ein wenig schmunzeln. Das Bild, das ich mir in meinem Kopf zurecht gelegt hatte, passte nicht im Geringsten zu der Erscheinung, die nun zu mir an den Empfangstresen kam. Wie du da mit

—

deinem Koffer standest, kaum ein Wort Deutsch sprechend, bescheiden und mit einem so herzerwärmenden Lächeln – ich mochte dich sofort und hatte keine Bedenken, dass du dein Zimmer annehmen würdest. Weißt du noch? So lange du zu uns kamst, all die Jahre, wolltest du immer nur dieses „Kellerzimmer".

Wir kamen schnell miteinander ins Gespräch. Mein Französisch war sehr gut, ich hatte es nicht nur sieben Jahre in der Schule gelernt, es war neben Englisch auch die Sprache, in der ich während meiner Hotel-Ausbildung am Genfer See mit den Kollegen oder Gästen kommunizierte. Du konntest Deutsch damals recht gut verstehen, dich aber nur mäßig verständigen, doch das war niemals ein Problem. Ich fand dich vom ersten Moment an sympathisch, und wie ich weiß, ging es dir ganz genauso. Hintergedanken hatten wir beide nicht, du warst für mich einfach ein Gast, und ich für dich eine gute Möglichkeit, dich auf Französisch zu unterhalten und dadurch einen netten Kontakt während deiner Zeit in Hamburg zu haben. Dieser erste Aufenthalt in der Hansestadt, um dich mit der neuen Firma vertraut zu machen, sollte ganze sechs Wochen dauern. An Abenden, die du alleine im Hotel verbringen würdest, mangelte es also nicht. Du warst ein sehr geselliger Mensch, hattest aber ebenso kein Problem damit, die Stadt und vor allem den Hafen auf eigene Faust zu erkunden. Am liebsten war es dir jedoch, dich nach dem Essen in die Hotel-Lobby zu setzen und Zeitung zu lesen. Als ehemaliger Leistungssportler und Pilot war dir Alkohol nicht vertraut und Kneipenbesuche somit uninteressant. Welch ein Glück, denn so hatten wir viele wunderbare Abende. Stundenlang saßen wir da, ohne dass uns jemand störte. Da das Hotel kein klassisches Restaurant hatte, war ich abends wenig gefordert, es kam nur ab und an ein Gast, dem ich seinen Zimmerschlüssel aushändigte, ansonsten waren wir beide unter uns. Du erzähltest von deiner Heimat im Elsass, ich von meiner in Rheinland-Pfalz, und wir stellten fest, dass wir nur zwei Auto-stunden voneinander entfernt unsere Kindheit verbracht hatten – wenn auch ein wenig zeitversetzt, schließlich warst du mir zwölf Jahre voraus. Als wir uns kennen lernten, war ich gerade 23 Jahre alt, du reifere 35. Doch wir beide hatten schon viel erlebt und einander somit eine ganze Menge zu erzählen. Eines der ersten Dinge, die ich über dich erfuhr, war, dass du seit fast acht Jahren eine Ehefrau hat-test und mit ihr drei wunderbare Kinder. Ich war selbst bereits Mutter eines kleinen Sohnes. Keine

Frage also, dass unsere Begegnungen auf einer neutralen Ebene blieben. Doch ich merkte, dass ich mich alle paar Wochen, sobald dein Name wieder auf der Buchungsliste stand, von Mal zu Mal stärker freute. So lange wir uns in diesem unverfänglichen Rahmen treffen, redete ich es mir stets ein, sei daran jedoch nichts Verwerfliches.

Im Sommer 1967, fast zwei Jahre nach unserem Kennenlernen, ludest du mich plötzlich zum Essen ein. Ich war zunächst ein wenig überrascht, denn damit verließen wir den „neutralen Rahmen", doch was sollte schon passieren? Und insgeheim hatte ich doch schon ein wenig auf so etwas gewartet... Viel später erst hast du mir verraten, dass dein Antrieb dabei gar nicht Mut, sondern bereits eine latente Eifersucht war. Ich hatte zuvor eine kurze Beziehung zu einem Spanier, dem Leiter meines Sprachkurses. Dieser Mann bedeutete mir etwas, doch er ging wenig später zurück in seine Heimat. Du wusstest davon, hast deinen Unmut darüber aber für dich behalten. Nun allerdings schien sich so eine Geschichte zu wiederholen, und du merktest, es wäre an der Zeit, dich endlich stärker zu engagieren.

Es gab einen jungen englischen Hotelgast, einen Mitarbeiter der Firma Reemtsma, der mich zum

Abendessen ausführte. Genau wie du, wollte er seine Abende nicht alleine verbringen. Also begleitete ich ihn zwei, drei Mal in ein Restaurant. Nach der Geschichte mit dem Spanier hat dich das zusehends gewurmt und so fasstest du dir eines Abends ein Herz und ludest mich ebenfalls ein. Wir fuhren nach Quickborn ins „Forsthaus", ein Lokal, dass du von früheren Geschäftsessen kanntest. Es war ein sehr schwüler Sommerabend, wir lachten und plauderten viel. Noch immer gab es Details aus unser beider Leben, die wir einander nicht erzählt hatten. Die Stunden vergingen, wir vergaßen völlig die Zeit. Irgendwann wollte der Besitzer endlich in den verdienten Feierabend gehen und brachte die Rechnung. Du zahltest und wir verließen das Lokal, aber „nach Hause" wollte niemand. Eine ganze Weile noch spazierten wir durch den angrenzenden Park – sehr zur Freude diverser durstiger Mückenschwärme, aber das merkten wir erst am nächsten Tag. Wir fühlten uns unendlich wohl miteinander. Du hattest an diesem Abend ein Strahlen in den Augen, das ich nie vergessen werde. Und weißt du was? Du hattest es Jahrzehnte später noch immer. Als es dunkel wurde, brachen wir schließlich auf und fuhren zurück nach Hamburg. In der Hotellobby würden sich unsere Wege trennen; du musstest in

—

den „Keller" und ich in meine Wohnung. Allerdings war dieser Abend viel zu schön und viel zu innig, um ihn mit einem Händedruck zu beenden. Ich beugte mich also vor und gab dir einen kleinen Kuss. Eine erste Nähe, die du nicht nur zugelassen, sondern zärtlich erwidert hast. In diesem kurzen Moment gab es nur uns beide. Keine Ehefrau, keine Kinder, keine Entfernung, keine Verpflichtungen.

Als ich wenig später in meinem Bett lag, begann das zaghafte Zweifeln. In was für eine Situation drohte ich da hineinzugeraten? Ein verheirateter Familienvater, wohin sollte das führen? Ich hatte Verantwortung für einen Sohn, für den Betrieb im Hotel, für meine Eltern – und als ob das alles nicht reichen würde, warst du für mich eigentlich nur ein Franzose auf Durchreise. Das hatte doch alles keine Zukunft, ganz egal, wie wohl ich mich bei dir fühlte. Und das tat ich. So sehr. Noch nie hatte ich eine derart tiefe Verbundenheit zu einem Mann gespürt. Noch nie mich so sicher gefühlt, noch nie zugelassen, dass jemand derart in mein Innerstes schaut. Wie schön wäre es, diese Liebe miteinander genießen zu können. Wir hatten doch nur dieses eine Leben. Jeder hatte seine ganz eigene Vergangenheit, eine Zukunft miteinander würde es nicht geben, und auch wenn in der Gegenwart für uns

—

beide noch ein paralleles Leben existierte, konnten wir uns doch eine kleine gemeinsame Welt schaffen, oder? Es wäre ja nicht von Dauer. Ich glaubte fest daran, dass das Ganze von selbst über kurz oder lang im Sande verlaufen würde. Und das wäre auch gut so. Doch wer sollte uns verbieten, die Gegenwart auszukosten? Wer außer unserem Gewissen...?

Nein. Man darf nicht jedem Gefühl nachgeben. Mir war meine Freiheit sehr wichtig, und ich war ganz sicher schon damals emanzipierter als der Großteil der Frauen, oder hatte zumindest die Chance, es auszuleben, aber ich wollte niemanden mit meinem Freiheitsdrang verletzen. Und das würde passieren, ließen wir unseren Emotionen freien Lauf. Wenn auch nicht auf meiner, so doch auf deiner Seite.

Deine Gedanken schienen in die selbe Richtung zu gehen, denn am nächsten Tag kehrten wir zu unserem früheren freundlichen Miteinander zurück. Es war besser so, wir sollten uns nichts vormachen. Ganz sicher war dies der richtige Weg. Aber ich machte die Rechnung ohne dich, Yves. Ohne die Intensität deiner Gefühle. Wie hätte ich ahnen sollen, dass dies nur der erste Versuch in einer Reihe von vielen war, Kopf über Herz siegen zu lassen? Denn: Was fragt die Liebe schon nach Vernunft?

—

Kindheit

Meine Eltern waren beide katholisch – meine Mutter ein wenig ausgeprägter als mein Vater. Doch Religion bedeutete in meinem Elternhaus eher christliche Wertevermittlung als strenges Praktizieren. Wir waren Teil unserer Gemeinde, und mein drei Jahre älterer Bruder und ich wuchsen ganz selbstverständlich darin auf. Während der Zeit auf der weiterführenden Schule musizierte ich in einer katholischen Jugendgruppe, war mit meiner Gitarre immer vorne mit dabei, sang später im Chor. Auch als Erwachsene, besonders in Hamburg als Mutter, war mir die Kirchengemeinde ein wichtiger Begleiter. Über die Gemeinde fand ich schnell Anschluss, was mir den Start am neuen Wohnort erleichterte. Ich finde die Kirche als Institution gut und wichtig. Und strittig, absolut.

1941 wurde ich in Rheinland-Pfalz geboren. Als ich anfing, die Dinge bewusst wahrzunehmen, war der Krieg bereits vorbei. Eine allgemein schwierige Zeit, die wir Kinder aber nicht als solche empfanden.

—

Unser Spielplatz waren die Ruinen der ausgebombten Stadt. Wir fanden es aufregend und herrlich. Was weiß ein Kind von Trümmern? Wir fühlten uns frei, konnten überall spielten, ohne dass uns jemand störte. Das mag nach Anarchie und Chaos klingen, doch es war alles sehr geordnet. Ich kannte es nicht anders, für mich fühlte sich meine Welt sehr heil an. Vom Grauen des Krieges selber hatte ich nichts mitbekommen. Da die Stadt auf der strategisch wichtigen Bahnstrecke Berlin-Paris lag, war besonders der Umschlagbahnhof im letzten Kriegsjahr oft Ziel alliierter Angriffe, doch davon erfuhr ich erst viel später. Mein Bruder und ich verbrachten diese Zeit nicht in der Stadt, sondern mit meiner Mutter bei einer Freundin auf dem Land. Unser Heimatort wurde nach Kriegsende zunächst Teil der französischen Besatzungszone, wenige Jahre später kamen dann die US-Streitkräfte. Wie spannend, ich sah die ersten schwarzen Menschen meines Leben! Ich erinnere mich an viel Musik in dieser Zeit, immer spielte irgendwo jemand Klavier oder sang. Die Amerikaner verteilten Kaugummis an uns Kinder und wir durften frei herumtollen. Eine gute Zeit aus der Sicht einer Achtjährigen. Ich habe nichts vermisst. Man bekam in den Läden zwar nur eine begrenzte Auswahl an Waren,

—

aber nichts von dem Fehlenden war für mich wichtig. Als ich begann, mir ernsthaft Gedanken über Kleidung oder Spielzeug bzw. meine Wünsche zu machen, gab es bereits wieder alles. Zu Essen hatten wir immer ausreichend, Hunger war für mich nur ein Thema, wenn ich den ganzen Tag draußen gespielt und dabei die Zeit vergessen hatte. Meinen Eltern gehörte ein Tabakhandel und dieser sorgte dafür, dass meine Familie selbst in Kriegszeiten keinerlei Unterversorgung zu befürchten hatte. Was man nicht selber beschaffen konnte, wurde *gekottelt* (ertauscht). Meine Mutter stellte den Küchentisch in den Flur, darauf die Tabakwaren und dann öffnete sie die Wohnungstür. Für Zigaretten schleppten die Leute alles Mögliche an. Mehl, Salz, Garn – Dinge, die eigentlich wichtiger sein sollten als Zigaretten. Unter den Kunden gab es einen Mann, Vater von sechs Kindern, der brachte uns die paar Lebensmittel, die seine Familie besaß, nur um an seine Tabakwaren zu kommen. Das konnte meine Mutter nicht mit ansehen. Was er uns gab, brachte sie am Abend zurück zu seiner Frau. Vermutlich hätte meine Mutter so etwas auch in schlechteren Zeiten getan, aber es zeigt doch, wie wenig Sorgen wir uns damals um das Essen machen mussten.

—

Sorgenfrei war meine Kindheit dennoch nicht. Die Strenge meines Vater hat diese Zeit sehr geprägt. Hinter ihm lag selbst eine weitestgehend lieblose Kindheit. Die Bestätigung, die er von seinen Eltern nicht bekam, zog er sich aus dem Sport, er war ein sehr guter Fußballer, erst als aktiver Spieler, später als Trainer. Dadurch war er oft unterwegs; was uns Kindern durchaus gelegen kam. War er zuhause, diktierte er, was wann und vor allem wie passierte. Zwar nahm mein Vater meinen Bruder und mich auch in den Arm und spielte mit uns, aber nur, wenn es ihm gerade passte. Er war leider unfähig, sich in uns Kinder hinein zu denken. Meine Mutter erzählte, wie sie ihn einmal darauf ansprach, er aber mit völligem Unverständnis reagierte: „Ich? Warum soll ich mich in die Kinder hinein denken? Anders herum muss es ja wohl sein."

Mark

Die Kinder- und Jugendzeit verging und je älter ich wurde, desto besser lernte ich, mit den Stärken und Schwächen meines Vaters umzugehen. Ich wurde erwachsen und mein Vater merkte, dass er mir nichts mehr anhaben konnte. Dennoch brauchte ich Abstand und freute mich sehr, als ich nach der mittleren Reife 1957 einen Ausbildungsplatz in einem Hotel in Trier bekam. Später wechselte ich nach Bad Rothenfelde und in die Schweiz. 1962, mit 21 Jahren, kehrte ich in meine Heimatgegend zurück. Ich nahm das Angebot eines Frankfurter Hotels an und arbeitete dort sechs Tage pro Woche, so war es damals in der Branche üblich. Nun stand ich wahrlich auf eigenen Füßen und war bereit, das erwachsene Leben in seiner ganzen Fülle kennen zu lernen – allem voran die Liebe.

Alle Freundinnen und Freunde hatten, so dachte ich zumindest, bereits ihre Erfahrungen gesammelt, nur ich war noch gänzlich unberührt. Es war, als fehlte mir ein Zugang zu einer Welt, in der sie

—

sich schon frei bewegten. Ich war so neugierig! Ich wollte endlich wissen, was es mit der körperlichen Liebe auf sich hatte. Und dann begegnete ich plötzlich diesem attraktiven Mann, der sich für mich interessierte. Meine beste Freundin Patricia, deren Kollege er bei einer Werbeagentur war, und mit der ich mir in Frankfurt ein Zimmer teilte, machte uns miteinander bekannt. Mit Patricia war ich schon seit Schulzeiten befreundet und bin es noch heute, und sie befand, dass dieser Mann vielleicht zu mir passen könnte. Ein groß gewachsener junger Kerl. Ich war fasziniert und wir beide wurden recht schnell ein Paar. Er stammte aus gutem Hause, die Mutter war Lehrerin, der Vater Ingenieur, und hatte alle Bedingungen für ein gesundes Selbstbewusstsein, doch das genaue Gegenteil war der Fall. Er war sehr bemüht, seine Unsicherheit so gut es ging zu überspielen, aber ich schaute schnell hinter seine Maske. Ein schwieriger Zeitgenosse. Er sprach oft, viel und laut, ohne wirklich etwas zu sagen. Das Thema „körperliche Liebe" rückte für mich wieder ein wenig in den Hintergrund. Er drängelte, aber ich ließ ihn warten. Nach einem halben Jahr siegte meine Neugierde. Ich wusste nun, wovon alle sprachen und wie es sich anfühlte, doch unsere Beziehung wurde dadurch nicht besser. Mein Freund beanspruchte alle Aufmerksamkeit für sich selber und das hatte ich lange genug mit meinem Vater durchgemacht, so etwas brauchte ich kein zweites Mal. Ich wollte jemanden, der mich wahrnimmt, dem ich in meiner Gesamtheit wichtig war. Dass ich mir dafür den falschen Mann ausgesucht hatte, wurde recht schnell klar. Als er kurz darauf ein Angebot der Bavaria Filmgesellschaft annahm und nach München ging, nutzte ich die günstige Gelegenheit und beendete die Beziehung. Er akzeptierte meine Entscheidung, auch wenn er die Gründe nicht im Geringsten nachvollziehen konnte. „Du siehst das alles viel zu ernst." Für Kritik und die Entwicklung, dass eine Frau die Beziehung zum ihm infrage stellt, war er viel zu eitel. Nun war ich wieder Single, ansonsten änderte sich nichts. Nach wie vor bestand mein Alltag aus viel Arbeit und wenig Freizeit, aber mir ging es dabei sehr gut. Ich merkte ein paar Veränderungen an meiner Stimmung, war schneller müde, schob das jedoch auf den Umbruch im Privaten und den hektischen Job und machte mir keine weiteren Gedanken.

Einige Zeit zuvor war mein Vater aus einem geschäftlichen Projekt ausgestiegen und hatte für seine Anteile einen sehr guten Preis bekommen. Das Geld wollte er investieren und sagte uns, er

—

liebäugle mit dem Gedanken, ein Hotel zu kaufen. Die Hotellerie, fand er, sei ein lukrativer Wirtschaftszweig, und darüber hinaus ideal, um seine und meine Kompetenzen zu verbinden. Er wollte den kaufmännischen Part übernehmen und ich als gelernte Hotelkraft mit meinem Fachwissen einsteigen. Er begann, sich auf dem entsprechenden Markt umzuschauen, und schon bald darauf hörten wir Gerüchte, dass ein Hotel in Hamburg zum Verkauf stünde. Mein Vater fragte mich, was ich davon hielte. Hamburg? An die See? Ich wäre lieber zu Hause geblieben, ganz klar. Hier waren meine Freunde, hier fühlte ich mich heimisch, mein Fernweh war nach der Ausbildung in der Schweiz vorerst gestillt. Hamburg kannte ich nicht, hatte keinerlei Bezug zu der Stadt. Mein Vater dagegen mochte den Norden sehr und witterte ein gutes Geschäft. Das Hotel war für einen recht günstigen Preis zu bekommen. Wir haben nie groß darüber gesprochen, warum er der Heimat den Rücken kehren wollte. Scheinbar hielt ihn dort nicht allzu viel. Letztendlich kam ich mit meinen „Argumenten", allesamt reinen Bauchgefühlen, nicht weit. Die Vorteile des Kaufs wogen zu stark. Das Risiko schien überschaubar und so beschlossen wir, uns tatsächlich als Familie auf dieses Abenteuer einzulassen.

—

Ein neuer Wohnort, ein neuer Job, eine ganz neue Verantwortung, das klang fremd und verlockend zugleich. Als die Entscheidung stand, begann ich jedoch recht schnell, Gefallen an dem Gedanken zu finden. Ich war nie eine große Zweiflerin, sondern habe mich Veränderungen schon immer gerne gestellt. Jede Geschichte hat auch ihre positive Seite, man darf nur nicht die Augen davor verschließen. So ging es mir auch mit Hamburg. Für mich bedeutete es zwar eine wiederkehrende verstärkte Abhängigkeit von meinem Vater, aber auch einen sicheren Job und einen wesentlich besseren Verdienst. Wäre das Verhältnis zu meinem Vater noch unverändert wie zu meiner Jugendzeit, hätte ich diesen Vertrag nie unterschrieben. Er war zwar derselbe geblieben, aber ich hatte mich verändert. Nicht nur in Bezug auf ihn...

Die Veränderungen, die mein Körper in den letzten Wochen vollzog, ließen sich nun nicht mehr wegdiskutieren und ich ging zum Arzt, um meinen Verdacht bestätigen zu lassen. Nein, um eine andere, passendere Erklärung zu bekommen, aber die gab es nicht: Ich war schwanger, ohne Wenn und Aber.

Was für ein Schreck. Ich, gerade volljährig, in Frankfurt, schwanger, und der Vater des Kindes im fernen München. Dass er so weit weg war, hatte ich bis vor wenigen Augenblicken noch sehr begrüßt. Jetzt konnte *er* froh sein, dass zwischen uns so viele Kilometer lagen! War ich wütend! Er, der immer so weltmännisch tat und der wusste, dass ich sexuell komplett unerfahren war, hatte mich eiskalt auflaufen lassen. Er wusste, dass ich keine Ahnung von Empfängnisverhütung hatte. Wie denn auch, die Pille war erst wenige Monate auf dem Markt und galt als „Mittel zur Behebung von Menstruationsstörungen", das vornehmlich verheirateten Müttern verschrieben wurde. Ich war also gänzlich ahnungslos an die Sache heran gegangen und hatte mich darauf verlassen, dass mein „erfahrener" Partner wüsste, was zu tun sei.

Nun war es aber passiert. Ich war schwanger. Eine dieser Prüfungen in meinem Leben. Nach dem ersten, großen Schock überlegte ich ganz sachlich, was zu tun sei. Mir war klar, dass ich das Kind bekommen würde, es gab einfach keinen Grund, sich dagegen zu entscheiden. „Der unpassende Zeitpunkt" reichte für mich für eine Abtreibung bei weitem nicht aus. Patricia bestärkte mich in meiner Entscheidung. „Du hast keine Partnerschaft, aber ansonsten keinerlei Nöte. Sich gegen das Kind zu entscheiden, wäre absolut feige!" Ich atmete tief durch und ging mit der Neuigkeit zu meinem Vater. Warum ausgerechnet als erstes zu ihm, mag man sich fragen. Ganz einfach, ich wollte die schwerste Hürde zu Beginn nehmen. Alles, was danach kam, konnte nur noch leichter werden. Und ich wusste, seine Reaktion würde meine Pläne für die Zukunft entscheidend beeinflussen, also wollte ich schnellstmöglich wissen, inwiefern ich auf ihn zählen oder womit ich rechnen musste. Ich dachte nicht, dass er mich rausschmeißen würde, aber ich war darauf gefasst, dass er auf eine Abtreibung drängen würde. Und das wollte ich auf keinen Fall.

Meinem Vater kam meine Abhängigkeit gelegen. Er wusste, dass ich nicht alleine in der Heimat bleiben könnte. Was sollte ich machen? Im Hotel- und Gaststättengewerbe herrschte eine 6-Tage-Woche, wie hätte ich das mit einem Kind leisten können? Natürlich gab es einen zeitlichen Ausgleich, aber niemals ein freies Wochenende. Alleinerziehend war das kaum zu schaffen. Zudem war meine Ausbildung zwar bereits beendet, aber für eine eigene Wohnung reichte der Lohn keinesfalls. Ich war auf die Unterstützung meines Vaters angewiesen. Sein Pfund war das Hotel in Hamburg. Dieses Plus an Sicherheit konnte ich in meiner neuen Rolle als werdende Mutter nicht ausschlagen. Mein Vater signalisierte mir ganz klar, dass ich den Kindsvater nicht heiraten müsse, aber man dennoch gemeinsam eine Lösung finden sollte, die zu unser Familie und der damaligen Moral passte. Mit diesem Vorschlag im Gepäck fuhr ich nach München zu dem – überraschten – werdenden Vater: „Wir gehen eine standesamtliche Ehe ein, ich bekomme das Kind ganz formell als „Frau M.", jeder lebt sein Leben, du hier, das Kind und ich in Hamburg und irgendwann lassen wir uns scheiden. Alles dazwischen interessiert keinen Mensch. Geld möchte ich keines." Die Antwort kam prompt: „Nein." Darauf ließe er sich nicht ein, schließlich wäre ich diejenige gewesen, die auf der Trennung bestanden hätte. Alles Reden half nichts, er blieb bei seiner Entscheidung. Für ihn kam nur eine Abtreibung infrage. Enttäuscht fuhr ich zurück nach Hause. Ich war ihm in allem entgegen gekommen, er hätte keinen Pfennig zahlen müssen für die Heirat und das Kind, aber er blockte einfach ab. Ließ mich ein zweites Mal im Stich.

Wenn meine strenge Erziehung mir etwas mitgegeben hat, dann das Rückgrat, Prüfungen im Leben zu meistern. Und die Gewissheit, nie wieder einen Mann mein Leben so sehr bestimmen zu lassen, wie ich es als Kind bei meinem Vater erlebt hatte.

—

So unabhängig zu leben wie möglich, das hatte Vorrang vor allem. „Freiheit ist das höchste Gut" – eine Einstellung, die selbst jetzt, in den 6oer Jahren, noch nicht ganz in die gesellschaftlichen Normen passte, obwohl die Tabus allmählich ein wenig bröckelten und die jungen Erwachsenen begannen, sich immer stärker für ihre Freiheit einzusetzen. Aber ich lebte nicht in London oder New York, sondern in einer Kleinstadt mitten in Rheinland-Pfalz. Dort galten noch die alten Regeln.

Ich blickte nach vorn. Dieses Kind war alles andere als geplant, aber vom ersten Moment an geliebt. Je weiter die Schwangerschaft fortschritt, desto größer wurde die Freude auf mein Baby. Zeigen durfte ich meine Gefühle nicht, denn in meiner Situation war es ratsam, sich bedeckt zu halten. Ein uneheliches Kind zu bekommen war 1963 noch skandalös, vor allem in einer Kleinstadt. Für meine Mutter war die Schwangerschaft aus genau diesem Grund eine schwere Zeit. Sie bekam einen Enkel, den es offiziell nicht gab. Sie wollte sich freuen, jedem die tolle Neuigkeit erzählen, musste aber schweigen. Eine gesellschaftliche Ächtung konnten meine Eltern weder privat noch für ihr Geschäft gebrauchen, und genau damit wäre zu rechnen gewesen.

—

Die Wochen in Rheinland-Pfalz waren für meinen Vater und mich gezählt, doch meine Mutter würde noch länger in der Heimat bleiben und die Geschäfte weiterführen, bis wir sicher sein konnten, dass das Hotel in Hamburg gut läuft, und so entschieden wir uns für größtmögliche Diskretion. Dank meines Jobs in Frankfurt war ich die meiste Zeit der Woche nicht zuhause, das machte das Versteckspiel natürlich leichter. Sechs Wochen vor der Geburt zog ich in einen kleinen Ort am Ammersee und verlebte dort den Jahreswechsel 1963/1964. Im dortigen „Entbindungs- Säuglings- und Kinderheim" konnten so genannte *Hausschwangere* diskret entbinden. Mit mir wohnten dort damals sechs Mädchen, allesamt aus gehobeneren gesellschaftlichen Schichten. Jedes Mädchen hatte in dem Haus eine eigene Aufgabe, abhängig von seiner beruflichen Qualifikation. Ich arbeitete an der Rezeption, nahm die Anrufe entgegen und legte nebenbei die Säuglingswäsche zusammen. Den Tipp für das Entbindungsheim bekam ich von meiner Ärztin. Sie hatte mir zu einer Abtreibung geraten. Ich machte ihr allerdings sofort klar, dass das für mich nicht infrage käme. Ich war weder finanziell am Boden, noch von meiner Familie verstoßen, hatte zudem eine religiöse Bindung und eine

—

dementsprechende Wertevermittlung, ich wäre der Situation mit einem Kind durchaus gewachsen.

Dazu gehörte allerdings auch, vernünftig zu planen, wie es in den nächsten Monaten weitergehen würde. So schwer es mir fallen würde, es gab keine andere Möglichkeit, als mein Kind nach der Geburt für eine längere Zeit am Ammersee zu lassen. Der Umzug nach Hamburg stand bevor, die Situation dort musste sich erst einmal festigen, und es würde in den ersten Monaten viel Arbeit auf mich zukommen. Da meine Mutter ja vorerst zu Hause blieb, hatte ich dort oben niemanden, der sich um das Kleine hätte kümmern können. Im Kinderheim wusste ich es gut aufgehoben, so traurig es mich auch machte, es nicht direkt bei mir haben zu können.

Am 29. Januar 1964 war es endlich soweit, früh am Morgen setzten die Wehen ein und die Geburt begann. Die Stunden der Entbindung empfand ich eher anstrengend als schmerzhaft. Bereits am selben Abend um 19 Uhr lag Mark, mein kleiner Sohn in meinem Arm und ich war glücklich. Ich hatte so sehr gehofft, einen Sohn zu bekommen. Ich war mir sicher, ein Junge würde es leichter haben. Ultraschalluntersuchungen wie heute gab es damals noch nicht, und so betete ich für zweierlei:

—

Für einen Sohn und dafür, dass es auf keinen Fall Zwillinge sind. Wir hatten Zwillingspärchen in der Familie und vor dieser Aufgabe hatte ich allergrößten Respekt. Beide Wünsche wurden mir erfüllt und es hätte sich nicht schöner anfühlen können.

Meine Eltern kamen uns Ende Januar besuchen, als Mark gerade eine Woche alt war. Ein ganz süßes Kerlchen, gar nicht verknittert wie manch andere Neugeborene. Und ganz hell, er sah seinem Vater schon ein wenig ähnlich. Ein kleiner Blondschopf, der direkt ein Schnütchen zog. Wir beide blieben noch vier Wochen zusammen am Ammersee, dann musste ich nach Hamburg und ließ meinen Sohn vorerst zurück. Auflagen gab es vom Heim keine; ich zahlte einen Monatsbetrag und wusste, dass man sich dort gut um ihn kümmerte. Dennoch fiel mir der Abschied unwahrscheinlich schwer. Es lagen arbeitsreiche Wochen vor mir und ich wusste, dass ich ihn lange nicht würde sehen können. Diese Zeit sollte allerdings keinen Tag länger als notwendig dauern. In Hamburg angekommen kümmerte ich mich daher sofort um eine Pflegefamilie. Wenn mein Sohn schon nicht ganz bei mir sein konnte, wollte ich ihn wenigstens in meiner Nähe haben. Meinem Vater war das gar nicht recht, er hätte es

—

bevorzugt, dass ich meine volle Zeit und Energie für das Hotel nutze, doch er kam nicht gegen mich an.

Ich annoncierte in den örtlichen Zeitungen, dass ich eine Pflegefamilie für meinen kleinen Sohn suchte, beschrieb ganz genau, was ich mir wünschte und wie die Bedingungen von meiner Seite seien. Vierzig Antworten gingen bei mir ein. Ich nahm die Briefe, spazierte damit zum örtlichen Jugendamt, erklärte meine Situation und bat, mir aufgrund ihrer Erfahrungen bei der Auswahl behilflich zu sein. Die Beamtin las alle Schreiben sorgfältig durch und schob mir dann einen Brief über den Tisch zu: „Das ist die Familie, die Sie suchen." Und tatsächlich, sie sollte Recht behalten. Der Brief kam von einer Landarztfamilie in Vierlanden. Die Frau hatte fünf Kinder geboren, von denen vier bereits bei der Geburt oder kurz danach verstorben waren. Eine Tochter war ihnen geblieben. Als Frau des Arztes war sie mehr oder minder an das Haus gebunden und Ansprechpartnerin für die Patienten am Telefon. Sie versorgte das Haus und einen großen Garten, und hatte neben ihrer Tochter immer mehrere Pflegekinder bei sich. Kinder lagen ihr sehr am Herzen. Ich nahm Kontakt zu der Familie auf und fuhr nur wenige Tage später in den Hamburger Osten, um sie kennen zu lernen.

—

Ich war aufgeregt, doch sehr optimistisch. Und tatsächlich, unser gemeinsamer Nachmittag war wunderbar, wir alle mochten uns sofort. Eine ganz herzliche Familie, auch vom Intellekt her waren wir direkt auf einer Ebene. Die Entscheidung, dass Mark bei ihnen leben würde, fiel von beiden Seiten recht schnell. Im Dezember 1964, kurz vor dem ersten Geburtstag meines Sohnes, holte ich ihn vom Ammersee nach Hamburg. Die Pflegefamilie nahm ihn auf wie ein eigenes Kind und er wirkte bereits nach ein paar Tagen, als wäre er niemals woanders gewesen. Später erzählte mir die Pflegemutter, sie hätten ihn am liebsten ganz bei sich behalten, aber natürlich war es allen von vornherein klar, dass dies nur ein Zusammensein auf Zeit war. Sobald ich in der Lage sei, die Betreuung zu gewährleisten, würde ich mit meinem Kind zusammenleben wollen. Bis dahin bekam die Pflegefamilie von mir pro Monat 300 Mark. Tage, an denen Mark nicht dort wohnte, konnte ich ohne weiteres abziehen. Auf Urlaubsreisen wollte die Familie beispielsweise ohne kleine Kinder sein, das hatten wir vorher vereinbart und das war für mich auch völlig in Ordnung. Mein Sohn fühlte sich in der neuen Umgebung wohl, das war mir das Wichtigste. Auch er wusste, so weit das in diesem Alter möglich ist, dass er dort nicht für immer bleiben würde und konnte bald gut trennen zwischen seiner richtigen Familie und den Pflegeeltern. Die Pflegemutter war dabei eine große Unterstützung. Wenn ich meinen Sohn einmal in der Woche besuchte, und er wollte etwas fragen und lief zu ihr, schickte sie ihn direkt weiter zu mir: „Mami ist heute da, du kannst also ruhig sie fragen." So sehr sie ihn auch liebte, es war ihr sehr wichtig, dass er wusste, wohin er wirklich gehörte. Nicht nur mein Kind, auch ich war dort jederzeit willkommen.

Diese Familie war ein unglaublicher Glücksgriff, denn durch sie hatte ich den Kopf frei und konnte mich beruhigt in die Arbeit stürzen. Und das war bitter nötig, denn sämtliche Energie floss in den Job.

Hamburg

Unser Hotel, ein ziemlich einfaches Haus, lag im Hamburger Westen. Heute hat das Haus durch diverse Umbauten für moderne Bäder nur noch sechzig Betten, zur damaligen Zeit waren es ganze hundert. Das Hotel hatte seinen ganz eigenen Charme und ich zog das Konzept „plus Frühstück" einer klassischen Restauration vor. Durch die zentrale Lage waren es bis zum nächsten Gasthaus nur ein paar Schritte in alle Richtungen, insofern sah es niemand als einen Mangel, dass man bei uns kein Abendessen bekam. Unsere Gäste waren vor allem geschäftlich Reisende, die über den nahen Bahnhof die Hansestadt erreichten. Viele Firmen wie Dralle oder Schwarzkopf waren und sind rum um das Hotel angesiedelt, dadurch gab es immer einen großen Bedarf an Übernachtungen. Den Hauptanteil machte die Kurzzeitbelegung von zwei bis zweieinhalb Tagen aus. Klassische Touristen hatten wir – außer vereinzelter Busgruppen – so gut wie keine. Im Gegenzug zu einigen privat Reisenden in den Häusern der gehobenen Kategorie, die ich in meiner

—

Ausbildung kennengelernt hatte, erlebte ich die Geschäftsleute als eine sehr angenehme und höfliche Klientel. Viele bescheinigten uns, für einen außergewöhnlich entspannten Aufenthalt gesorgt zu haben und solche Rückmeldungen freuten uns natürlich sehr. Zumal wir wussten, wie viel Arbeit darin steckte. Es war damals extrem schwierig, gutes oder überhaupt Personal zu finden, Anfang der Sechziger herrschte in Deutschland nahezu Vollbeschäftigung, die Erwerbslosenquote lag bei unter einem Prozent. Wir suchten über das Arbeitsamt, mithilfe von Annoncen in Zeitungen, in Fachzeitschriften – ohne Erfolg. Uns blieb nichts anderes übrig, als die ganze Arbeit alleine zu machen. Ich wurde zum Mädchen für alles, inklusive der Zimmerpflege. Feierabend gab es beinahe nur nachts zum Schlafen. Doch viel Arbeit bedeutete auch, dass das Geschäft gut lief und das war natürlich das Wichtigste, wir hatte eine sehr hohe Auslastungsquote. Die leichten Zweifel, die mein Vater und ich vor dem Start noch hatten, verflogen innerhalb kürzester Zeit. Gut so, denn Spannungen mit ihm konnte ich keinesfalls gebrauchen. Wir hatten uns auf einer Ebene eingependelt, mit der wir beide klarkamen. Einfach war es dennoch nicht, seine übertriebene Sparsamkeit machte mir am meisten zu schaffen. Selbst Stammgäste mussten

—

jedes nachgeschenkte Schlückchen Kaffee beim Frühstück bezahlen, da gab es nichts geschenkt. Ich hätte an vielen Details gerne etwas geändert, aber ich hatte ja nicht nur gegen meinen Vater zu kämpfen, sondern auch noch gegen Gretel. Gretel, unsere gute Seele, die aus dem Osten geflohen und bereits seit meinem zehnten Lebensjahr in unserer Familie als Haushaltshilfe arbeitete, war mit nach Hamburg gekommen. Sie hatte keinerlei familiären Anschluss in unserer Heimat, aber ihre Schwester mit Familie lebte in Hamburg. Selten habe ich eine derart loyale Person erlebt. Für meinen Geschmack etwas zu sehr. Sie war meinem Vater, ihrem Chef, nicht nur fürchterlich treu, sondern auch auf der gleichen spießigen Linie wie er, und allzu oft hatte ich bei beiden das Gefühl, mit meinen Vorschlägen gegen Wände zu rennen. Irgendwann gab ich es einfach auf. Dabei hätte ich gerne einiges verbessert, um das Haus vornehmer oder den Aufenthalt der Gäste noch ein wenig komfortabler zu gestalten. Stattdessen trug mein Vater jede verdiente Mark auf die Bank und kaufte davon später Eigentumswohnungen. „Von nichts kommt nichts" – zugegeben, ganz Unrecht hatte er damit nicht.

Es kam meiner Ungeduld sehr in die Quere, dass sich alles so viel langsamer entwickelte als geplant.

—

Wirtschaftlich ging es recht schnell aufwärts, doch bis wir wirklich ausreichend und vor allem gute Mitarbeiter fanden, dauerte es eine ganze Weile. Erst knapp drei Jahre nach der Übernahme war das Team endlich komplett und wir konnten immer mehr Aufgaben umverteilen. Mein Vater und ich zogen Bilanz und stellten zufrieden fest, dass sich der Hotelbetrieb rentierte, und meine Mutter ruhigen Gewissens das Geschäft in Rheinland-Pfalz aufgeben und nach Hamburg umziehen konnte. Zu diesem Zeitpunkt konnten wir auch eines der Häuser (das Hotel bestand aus zweien) kaufen. Im Parterre bekam ich eine kleine Wohnung, über die Gemeinde zeitgleich einen Kindergartenplatz für Mark, und somit endlich die Möglichkeit, ihn aus der Pflegefamilie zu holen. Mit dieser wunderbaren Landarzt-Familie hielten wir noch viele Jahre Kontakt und der dreijährige Aufenthalt dort hat dem Kind sehr gut getan.

Die Balance zwischen Job und dem neuen Leben als „Vollzeitmutter" zu finden, war etwas anderes, als nur für sich selber verantwortlich zu sein, aber es fühlte sich so viel besser an als alles andere zuvor. Man musste anders organisieren, aber es lief perfekt, zumal ich immer Hilfe von meiner Mutter oder unserem Personal hatte. Meine Mutter sprang im Betrieb nur ein, wenn wirklich Not am Mann war, ansonsten war sie ganz Oma. Freizeit für mich alleine hatte ich sehr wenig, aber das war in Ordnung. Sobald es meine Arbeit zuließ, hatte ich mir einen kleinen Freundeskreis aufgebaut. Mein erster Bezugspunkt war die Gemeinde. Dort suchte und fand ich auch einen Chor, denn das Singen war mir noch immer sehr wichtig und ich hatte es in den letzten Jahren wirklich vermisst.

Parallel warst du schon in meinem Leben und nahmst viel Platz darin ein. Deine Aufenthalte in Hamburg waren anfangs eher unregelmäßig, weitestgehend besuchtest du damals interessierte Firmen in Süddeutschland und Frankreich. Nach unserem ersten, scheuen Kuss im Sommer 1967 hatten wir beide für einige Monate versucht, uns an die freundschaftlichen Grenzen dieses Miteinanders zu halten, doch dann kamen von überall her kleine, liebevolle Botschaften per Post, wenige Zeilen, oft auf den Knien im Auto oder während des Mittagessens im Restaurant geschrieben. Keine Woche verging ohne einen Brief oder eine Karte, deren Worte mich deine Sehnsucht, wenn auch zunächst noch zwischen den Zeilen, spüren ließen. Am 15. Dezember

—

desselben Jahres war die Weihnachtsfeier deiner Firma, das Hotel war voll belegt und wir benötigten jedes verfügbare Zimmer. Ich quartierte dich kurzerhand in meiner Wohnung ein. Du warst sehr glücklich über diese Lösung – und wir hatten unsere erste gemeinsame Nacht. Es hatte mich wirklich voll „erwischt", doch ich fragte mich weiterhin, wohin das führen sollte. An deiner familiären Situation hatte sich schließlich nichts geändert. Was für eine Zukunft sollte es für uns geben? Wir durften nicht nur unseren Bauch entscheiden lassen, wir mussten endlich vernünftig sein.

Weißt du noch, als ich im Jahr darauf, im Oktober 1968, auf die Einladung meines spanischen Sprachlehrers und Ex-Freundes, der deutlich signalisierte, mich heiraten zu wollen, nach Gerona flog, in der Hoffnung, mich eventuell von dir lösen zu können? Natürlich hast du das nicht vergessen. Das waren für dich bange Tage des Wartens. Doch was für ein aussichtsloses Unterfangen.. Ich wusste schon bei der Ankunft, dass dieser Weg nicht meiner war. Eine Ehe nur um der Ehe Willen, nein! Ich brauchte keine solchen Rahmenbedingungen für mich und mein Kind. Zudem zeigten sich auch Schwierigkeiten für Mark; blond und blauäugig war er nicht gut als Kind eines Spaniers zu „verkaufen".

Mein Ex-Partner kannte ihn ja auch nur in der Pflegefamilie lebend und dachte, das bliebe so. Damit hatte sich dieses Thema dann für mich endgültig erledigt.

Du wusstest von Anfang an von dem Grund dieser Reise und hast in Hamburg mit klopfendem Herzen gewartet, immer in Sorge, dass du mich doch noch an ihn verlieren könntest. Diese Tage müssen dich schrecklich gequält haben. Dennoch hast du nicht eine Sekunde lang versucht, mich davon abzuhalten. Du wusstest, wie wichtig mir meine Freiheit und die Freiheit meiner Entscheidungen waren, und versuchtest niemals, mich zu drängen oder zu beeinflussen – in all den Jahren nicht.

Im Grunde hattest du nie wirklich etwas zu befürchten. So sehr ich es auch immer mal wieder versucht habe, mich von dir zu lösen, es war aussichtslos. Vermutlich brauchte ich diese Reise, um mir darüber endgültig klar zu werden. Als ich im Flugzeug zurück nach Hamburg saß, spürte ich nichts als die Vorfreude, dich, meinen geliebten Yves, gleich wieder zu sehen. Die Schmetterlinge im Bauch sind mitgeflogen. Und sie sind die ganzen vierzig Jahre bei uns geblieben. Du sagtest einmal, dass du dich jedes Mal auf mich so freuen würdest, als wären wir kaum zwanzig Jahre alt und

—

frisch verliebt, und ich konnte es nur bestätigen. Jedes Treffen, jedes Wiedersehen war mit Herzklopfen verbunden – auf beiden Seiten. Noch stärker als zuvor lebten wir nur noch die Gegenwart und genossen sie so intensiv wie nur irgend möglich. Wir planten keine Zukunft. Dass wir beide unsere Beziehung so betrachten konnten, war ein großes Glück. So gab es keine Zwänge und keine Lebenskonzepte, die plötzlich nicht mehr zueinander passten.

Für mich war klar, dass du bei deiner Familie bleibst. Du hattest schreckliche Angst, im Fall einer Trennung von deiner Frau den Kontakt zu deinen Kindern zu verlieren. Doch ob du gegangen wärest, wenn es die drei nicht gegeben hätte? Vermutlich nicht. Dein Pflichtbewusstsein gegenüber deiner Frau war stark, zumal ihre Gesundheit immer instabil war. So sehr ich dich für diese Eigenschaft liebte, so sehr spürte ich, wie sie dich zerriss. Du hast dich immer um alle gekümmert. Niemandem in deiner Nähe sollte es an etwas fehlen, niemanden wolltest du verletzen.

Dein größter Wunsch war es, mich immer bei dir zu haben, aber das war nicht möglich. Wir saßen zwischen den Stühlen. Natürlich, ich war in dieser Konstellation diejenige, die es am leichtesten hatte, doch dieses Wissen macht es nicht unbedingt einfacher.

In dem Moment jedoch, in dem ich die Entscheidung traf, mit dir und niemals wieder ohne dich zu leben, musste ich für mich einen Weg finden, mein schlechtes Gewissen so weit es geht auszublenden. Alles andere half niemandem. Ich sagte mir, ich schade dieser Frau viel weniger, wenn ich sie in „Ruhe" lasse, als wenn ich eine Scheidung forciere. Das wäre das Beste für sie und das Beste für mich. Eure Ehe war nur noch eine Fassade, an die sie sich jedoch mit aller Macht klammerte. „Sie würde sich das niemals eingestehen und vermeidet das Thema einfach." Also versuchten wir, unseren Frieden mit diesen parallelen Welten zu machen und keine davon in Gefahr zu bringen. Deine Frau behielt ihre eheliche Fassade, ich meine liebgewonnene Freiheit und du musstest keine Angst haben, deinen Kinder ihr heiles Zuhause zu zerstören. Vielleicht war auch das eine Folge meiner Erziehung; die Umstände waren belastend, aber nicht zu ändern, also musste ich nach vorne schauen und mich von allem Negativen abgrenzen. Leider galt das nur für mich selber, denn dein schlechtes Gewissen konnte ich damit nicht beruhigen. Du fühltest dich sowohl deiner Familie als auch mir gegenüber weiter schuldig,

—

so sehr ich dir immer wieder versicherte, dass es mir gut geht. Ich hatte mein Kind, ich hatte deine Liebe, ich hatte meine Freiheit und war wirtschaftlich unabhängig, was wollte ich denn mehr?

Andererseits, wenn deine Frau von sich aus die Scheidung gewollt hätte, wäre dein Antrag gekommen und ich hätte ihn angenommen. „Ich hätte dich so gerne ganz, auch auf dem Papier", wie du es mir in einem deiner vielen Briefe geschrieben hast. Ob wir glücklicher gewesen wären als *normales* Ehepaar? Wer weiss das schon, viele Dinge ändern sich, wenn der wirkliche Alltag sie einholt. Wir werden es nie erfahren. Es war gut, wie es war, aber wir hätten uns gewünscht, dass niemand unseretwegen leiden müsste.

Hin und wieder wurde ich gefragt „Hast du kein schlechtes Gewissen, der Mann ist doch verheiratet?" Anfangs ja, aber nachdem ich meine Entscheidung getroffen hatte, nur noch selten. Wenn deine Familie an der Trennung zerbrochen wäre – wovon du überzeugt warst – hätten auch wir beide kein glückliches Leben führen können. Als konfliktscheuer Mensch warst du mir unendlich dankbar, dass ich niemals auf einer Entscheidung bestanden habe. Ein „Entweder sie oder ich!", hätte dich zerrissen. Und was wäre dann erreicht?

—

Warst du bei mir in Hamburg, führten wir unsere Beziehung so normal wie jedes andere Paar, nur ohne den klassischen Alltag, an dem sich viele Beziehungen reiben. An diesen Tagen gehörten wir ganz einander und blendeten deine „andere Welt" so gut es ging aus. Ob das heutzutage noch möglich wäre? Damals gab es noch keine digitale Vernetzung, keine SMS und Emails, über die man sich an jedem Ort erreichen konnte. Mit dem heutigen fast schon gläsernen System wäre dein Doppelleben vermutlich früher oder später – auch in deiner kleinen Elsässer Heimatgemeinde – aufgeflogen. Damals jedoch waren Orte noch weit voneinander entfernt und wir konnten uns frei bewegen, ohne uns vor irgendwem zu verstecken. Wir hatten jedes Mal eine wunderbar intensive Zeit miteinander. Wir trafen uns mit Freunden, genossen das kulturelle Leben und waren einfach nur glücklich.

Alle meine Freunde mochten dich sehr. Patricia, zwischenzeitlich längst verheiratet, war anfangs nicht begeistert, aber sie lebte ja weit weg. Euer erstes Zusammentreffen, als sie uns einmal in Hamburg besuchen kam, verlief dann sehr positiv und mit all meinen anderen Freunden war es ganz genau so. Nichts anderes hatte ich erwartet. Dich umgab eine so herzliche Aura, dass du für gewöhnlich

—

jedes Gegenüber sofort für dich einnehmen konntest. Aus unserer Liebe haben wir niemals einen Hehl gemacht. Wir gingen mit den Details nicht hausieren, aber wer nachfragte, bekam eine ehrliche Antwort. Nach einiger Zeit des Zusammenseins wurden die ersten Stimmen laut, ob wir Pläne hätten, zu heiraten und da mussten wir natürlich ein paar Dinge auf den Tisch bringen, doch das war völlig okay. Was sollten wir verheimlichen? Das Leben geht manchmal seltsame Wege, und jeder Mensch muss für sich entscheiden, wie und mit wem er sein ganz persönliches Glück findet. Wir verhielten uns so normal, dass bald keinem mehr auffiel, dass bei uns etwas "anders" war, zumindest im Sinne der gesellschaftliche Norm.

Dazu kam, dass man dir ein solches Doppelleben schlichtweg nicht zutraute. Das war das Einzige, was wir ab und an hörten, ansonsten spürten wir keinen Gegenwind. Gab es doch einmal Kritik, war sie eher versteckter Neid. Nicht wegen dieser speziellen Beziehungskonstellation, sondern wegen der außerordentlichen Intensität unserer Liebe. Das hätten sich viele für sich selbst auch gewünscht. Ich beobachtete es damals und noch heute: Viele, vielleicht sogar die meisten Paare, verlieren sich und ihre Liebe auf dem langen Weg miteinander.

—

Die Gründe, weswegen man sich füreinander entschieden hatte, wirken wie ausgelöscht und oft ist die Basis einer Beziehung schlichtweg ein „sich miteinander arrangiert haben". Vor allem Paaren, die miteinander Eltern geworden sind, scheint es so zu ergehen. Heutzutage treffen viele Frauen wie Männer irgendwann die Entscheidung, dass es besser ist, sich zu trennen, statt in dieser Stagnation zu verharren, aber zur damaligen Zeit verließ man einander nicht so ohne weiteres. Speziell als Frau mit Kind oder sogar Kindern konnte das schnell den finanziellen und gesellschaftlichen Abstieg bedeuten, und so „hielt man durch". Ich würde jeder dieser Frauen einen Moment unserer Liebe wünschen. Einen Augenblick, in dem sie spüren, wie stark Gefühle sein können, wie sehr eine solche Liebe das Leben bereichert und wie wertvoll es ist, die Hoffnung darauf nicht aufzugeben. Ganz sicher hätte so manche dann den Mut, sich aus einer lieblosen Beziehung zu lösen.

Meine erste Schwägerin hielt mir einmal vor, dass ich mir nur „die Rosinen heraussuche". Das wirklich Unangenehme einer Ehe oder Beziehung hätte ich doch noch gar nicht erlebt. Ich behielte meine Freiheit, meine Unabhängigkeit, ich könnte ihre Sorgen somit gar nicht verstehen. „Lerne doch,

—

das zu schätzen, was du hast und träum' nicht von Dingen, die sich vielleicht niemals ergeben", riet ich ihr. Doch für sie hatte ich das große Los gezogen. Ich gab ihr Recht in dem Punkt, dass mir viele ihrer Nöte fremd waren, doch etwas Wichtiges übersah sie: Ich hatte dafür andere. Man bemerkte an unserer Beziehung nur die positiven Dinge, nicht das, worauf ich dadurch verzichten musste. Auf die kleinen Selbstverständlichkeiten, die diese Frauen in ihren Ehen gar nicht mehr wahrnahmen. Es gab viele gesellschaftliche Anlässe, zu denen ich alleine erschien. Es war nicht selten, dass man zu gewissen Events nur „mit Partner" eingeladen wurde. Der gesellschaftliche Status hat mir manchmal gefehlt, besonders in den Anfängen. Eine verheiratete Frau hatte es in den Sechzigern und Siebzigern leichter als eine alleinerziehende Mutter. Doch der einzige Tag, an dem ich wirklich die Zähne zusammenbeißen musste, war Silvester. Weihnachten verbrachtest du mit deiner Familie und ich mit Mark und meinen Eltern, das war völlig in Ordnung, aber Silvester fehltest du mir sehr, da hätte ich dich gerne an meiner Seite gehabt und beneidete die Ehefrauen, für die ich ja nur „die Sonnenseiten des Lebens" kannte. Doch diese Momente waren wenige, und verschwanden hinter den vielen

—

schönen. Wir staunten oft selber über die Intensität unserer Gefühle, doch trotz allem hätten wir beide niemals geglaubt, dass diese Liebe über vier Jahrzehnte Bestand haben würde. So etwas schien unter den gegebenen Umständen absolut nicht denkbar. Es hatte keinen Sinn, die nächsten Jahre zu planen, und so genossen wir einfach den Moment. Noch immer dachten wir, es würde sich irgendwann von selber lösen. Die einzigen Planungen, die wir unternahmen, waren die für gemeinsame Reisen, denn diese mussten mit deinem Terminkalender, deiner häuslichen Situation und dem Hotel abgestimmt werden. Wir liebten es sehr, gemeinsam zu verreisen. Manche Paare funktionieren im Alltag sehr gut, bekommen sich jedoch im Urlaub permanent in die Haare. Vielleicht ist man im Laufe des Jahres so perfekt aufeinander eingespielt, braucht diese täglichen Abläufe, und sobald der äußere Rahmen aufgebrochen ist und keinen Halt mehr gibt, stürzt das ganze Konstrukt zusammen. Wir zwei dagegen kannten keinen durchstrukturierten Alltag, sondern nur unsere begrenzten gemeinsamen Zeiten in Hamburg, und schon die fühlten sich jedes Mal wie ein kleiner Urlaub an.

1968 waren wir ein paar Tage in Salzburg, diese Stadt und ihre Umgebung liebten wir sehr. Als

—

begeisterter Skiläufer wolltest du mich unbedingt für diesen Sport begeistern und so fuhren wir 1971 ins österreichische Steinach. Du hattest das Skilaufen schon früh gelernt und auch jetzt verbrachtest du jedes Frühjahr eine Woche mit der Familie in den französischen Alpen, immer im Schnee, immer auf den Brettern. Bei mir brauchte es viel Geduld von deiner Seite, zumal mein Gleichgewichtsinn nicht sehr ausgeprägt ist, aber ein Skilehrer half dir dabei, mich einigermaßen in die Spur zu bringen. Leider endete dieser Urlaub etwas früher als geplant, denn deine gesamte Familie lag mit Grippe im Bett und brauchte dich zuhause. In den Folgejahren nahmen wir auch Mark mit, zunächst nach Serfaus, dann nach Grindelwald, Obergurgl, Verbier, St. Anton und immer wieder gerne nach Zermatt, manchmal mit Freunden, manchmal nur wir drei.

Wir nutzen dafür die Frühjahrsferien Anfang März, die bundesweit einzigartig sind. Mit Mark nahm ich den Nachtzug an das jeweilige Reiseziel, wir blieben dort eine Woche zu zweit, besuchten Skikurse, hatten Zeit für uns und in der zweiten Woche kamst du mit dem Auto nach. So handhabten wir es jahrelang. Natürlich gab es für dich zunächst ein Einzelzimmer, Mark war noch klein und wir wollten die Form wahren. Deine täglichen

Anrufe bei deiner Frau habe ich akzeptiert, sie erhielten den häuslichen Frieden.

„Was erzählst du ihr eigentlich immer, wo du bist?"

„Ich erkläre so wenig wie möglich."

Offiziell warst du Gast bei Herrn Dr. Müller von Siemens, einem deiner Kunden, der dich tatsächlich fast jährlich in seine Ski-Hütte eingeladen hat. Angenommen hast du nie, aber jetzt war es ein willkommenes Alibi. Deine Frau hat niemals intensiver nachgefragt, immer nach der Devise: „Nicht dran rühren, dann passiert auch nichts."

Diese Reisen bedeuteten immer eine kleine Freiheit für uns. In Hamburg waren wir im Hotel unter Beobachtung meines Vaters, wenn nicht sogar unter Bewachung. Durch dich war ich für ihn nicht permanent verfügbar, und das war ihm wie so vieles ein Dorn im Auge. Jeder Urlaub war da eine willkommene Abwechslung. Abgesehen von den kurzen Telefonaten mit deiner Frau gehörtest du ganz uns und wir lebten wie eine *normale* Familie. Für Mark warst du weiterhin ein guter Freund. „Yves und Mami", das war für ihn ein gewohntes Bild, auch wenn er in den Anfangsjahren sicher noch keinen Begriff hatte für das, was uns verband. Als er klein war, verstandet ihr zwei euch ganz wunderbar. Du brachtest ihn

—

mit in die Schule, holtest ihn ab, wenn ich arbeiten musste, fuhrst ihn zum Sport, zum Arzt, zu Verabredungen, warst beim Abendessen dabei, ganz wie in einer klassischen Vater-Mutter-Kind-Familie.

Weißt du noch, wie überrascht manche damals waren, wenn sie erfuhren, dass du für meinen Sohn viele Jahre „Mamis guter Freund Yves" bliebst? Schließlich lebten wir beide unsere Beziehung in Hamburg innerhalb meiner Familie oder des Freundeskreises so offen es nur ging. Den Kleinen wollten wir allerdings von unserem „Doppelleben" möglichst lange verschont lassen. Nicht weil wir uns in irgendeiner Weise schämten, sondern weil uns die Antwort fehlte auf eine wichtige Frage: Wie hätten wir einem kleinen Kind die Besonderheiten unserer Liebe erklären sollen? Das Verheimlichen fiel dagegen nicht sonderlich schwer. Meine Wohnung lag ja im Hotel, wir verbrachten die Abende zu dritt und danach verschwand Mark ins Bett. Dass du bis zum Morgen bliebst, merkte er gar nicht – zumindest glaubten wir das lange.

Erst als wir 1978, Mark war mittlerweile 14 Jahre alt, aus dem Hotel in eine schöne Wohnung nach Othmarschen zogen, mussten wir uns etwas überlegen. Der Junge kam uns jedoch zuvor. Er fragte eines Tages, ob ein Freund von ihm bei uns übernachten könne und meinte „das Gästezimmer wird ja ohnehin nur für Yves' Klamotten benutzt". Ich war überrascht, und gleichzeitig sehr erleichtert. So unkompliziert die Zeiten zu dritt gewesen waren, man musste doch immer ein wenig aufpassen, was man sagt und wie man sich verhält, und das würde nun endlich wegfallen. Ich weiß nicht, wie lange er die Situation schon durchschaut hatte, Fragen stellte er nie. Bis heute habe ich nie ein kritisches Wort von ihm zu unserer Beziehung gehört.

Jetzt war das Zusammenleben für uns noch leichter. Du wohntest bei uns, wenn du in Hamburg warst, das „Kellerzimmer" im Hotel war passé. Schon allein aus diesem Grund passte meinem Vater unsere Beziehung überhaupt nicht mehr in den Kram. Er hat dich akzeptiert, aber nur zähneknirschend. Zwei Herzen schlugen in seiner Brust. Der Egoist wollte mich für sich alleine, der Sparfuchs freute sich über jeden Pfennig, den ihm dein handwerkliches Geschick einen professionellen Handwerker ersparte. Wie oft hast du im Hotel ausgeholfen, wenn es etwas zu reparieren gab. Rohrreinigungen, abzuschleifende Türen, Möbeltransporte, diese Dinge konnten immer warten, bis du wieder im Land warst. Ich wunderte mich oft über deine körperliche Fitness. Nach einer stundenlangen

—

Autofahrt hätte jeder erst mal eine Pause gebraucht, aber du warst unglaublich agil. Du musstest permanent in Bewegung sein, und wenn ich noch keinen Feierabend hatte, waren solche Arbeiten im Hotel für dich eine willkommene Abwechslung zum passiven Warten. Es hat dich niemals gestört, dass mein Vater dich derart mit einplante. Du wolltest auch keinen Dank oder Bestätigung für deinen Einsatz, du tatest es für mich, damit ich weniger Stress hatte mit ihm, und unsere Beziehung – und das nicht mehr gebuchte Hotelzimmer – nicht zum ständigen Thema wurden.

Das Verhältnis meines Vaters zu dir blieb all die Jahrzehnte zwiegespalten. Mal wusste er gar nicht, was er dir alles Gutes tun konnte, dann warst du für ihn plötzlich nichts als „der Schuft, der Schurke, der Dich mir weggenommen hat". Als ich das von ihm hörte, war ich fast fünfzig Jahre alt. „Kriegst du eigentlich Geld von diesem Mann und wenn ja, wie viel?" Diese Frage brannte ihm wohl schon seit langem unter den Nägeln. Meine Antwort saß: „Das hat Dich nicht zu interessieren." Damit war das Thema für mich erledigt, für ihn natürlich nicht. Er blieb Zeit seines Lebens ein Mensch voller Neid und Misstrauen. Glücklicherweise war meine Mutter frei von diesen Eigenschaften. Sie mochte dich, und du sie ebenso. Mehr sogar, du verehrtest sie. Trotzdem sagte sie immer wieder, sie hätte mir etwas anderes gewünscht. Eine ganz normale Ehe, vielleicht auch noch ein paar weitere Kinder. Ja, ein oder zwei Kinder hätte auch ich gerne noch gehabt, aber nur dafür eine Ehe? „Mutti, wenn ich mich umgucke, sehe ich nichts, was besser ist als das, was ich habe." Es gab Ehen, von denen ich wusste, dass die Frau jeden Morgen neben einem Mann aufwacht, den sie schon lange nicht mehr liebt oder der sie betrügt. Das sollte ich mir wünschen? Es wurde so viel ausgehalten von diesen Frauen. Nein, das wäre nichts für mich gewesen. So merkwürdig es klingen mag bei einem verheirateten Mann: Ich konnte mir all die Jahrzehnte sicher sein, dass du keine Sekunde an eine andere Frau denkst, wenn du bei mir bist. Zwischen uns stand nichts, wir waren uns so nah, wie sich zwei Menschen nur nah sein konnten. Emotional wie auch körperlich. Grundsätzlich gingen wir abends immer gemeinsam schlafen, selten, dass einer noch aufblieb. Wir schliefen immer in einem Bett unter gemeinsamer Decke, Hautkontakt vermittelte uns nicht nur körperliche, sondern vor allem seelische Nähe. All die Jahre, all die Jahrzehnte, hast du immer gewartet, bis ich, deine „Nounou", wie du mich liebevoll nanntest, eingeschlafen war. Erst dann gabst du deiner Müdigkeit nach, mit deinem Gesicht in meinen Haaren. „Ton goût me rends fou" (ich liebe diesen Duft). Ich konnte mich nicht umsorgter und beschützter fühlen.

Ich mochte deine Hände so sehr. Sie waren immer warm und trocken und fühlten sich ganz wunderbar an. Es ist schwer, deinen Geruch zu beschreiben; in meiner Erinnerung riechst du nach frischer, klarer Luft. Ich habe noch heute ein Fläschchen deines After Shave („Tabac" von Mäurer & Wirtz) auf dem Waschtisch stehen. Wenn ich daran schnuppere, bist du sofort wieder präsent.

Gewöhnlich habe ich im Bett noch gerne gelesen, vor allem Lyrik. Ich las dir vor, aber Gedichte waren nicht deine Welt. „Warum schreibt nicht mal jemand ein Gedicht über Beschichtungsmaschinen oder so etwas, dann wäre das auch für mich interessant!" Natürlich ist besonders Rilke schwer zu verstehen, wenn man kein Muttersprachler ist, doch das störte dich nicht: „Ich lausche nur deiner Stimme, das macht mich glücklich." Du mochtest es, weil ich es mochte, so einfach war das.

Du warst von großer Güte und ein besonders zärtlicher Mann. Weißt du noch, wie oft ich mit Kopfschmerzen oder sogar Migräne zu kämpfen hatte?

—

Natürlich weißt du das, mehr als einmal mussten wir deswegen einen Konzertbesuch oder einen Abend mit Freunden absagen. Ich hätte verstanden, wenn du einmal bedrückt gewesen wärest, aber stattdessen saßt du geduldig neben meiner Couch im abgedunkelten Zimmer, mit leisem Fernseher oder auch nur schweigend und streicheltest meine Stirn. Wenn ich flüsternd fragte: "Möchtest du nicht lieber ...?", war deine Antwort „Nein, ich will nirgendwo hin, nur hier bei dir sein und warten, bis es dir besser geht." Und manches Mal: „Gib mir doch deine Kopfschmerzen, damit ich weiß, wie es sich anfühlt und du davon befreit bist." An diesen schmerzvollen Tagen zeigtest du mit deiner stillen Anwesenheit deine ganze Liebe. Das hat mich immer tief gerührt.

Da war so viel Wärme, so viel Liebe, so viel Vertrauen, so viel Verständnis. Du wolltest einfach nur, dass es mir gut geht. Einen eigenen Willen hattest du natürlich dennoch, aber deine Fürsorge galt mir. Du hattest auch eine romantische Seite, warst kein Träumer, sondern durchaus ein Realist, aber voller starker Gefühle für mich. Hunderte kleiner und langer Briefe erreichten mich weiterhin und aus jedem sprach deine Sehnsucht. Außerdem klingelte mindestens einmal täglich das Telefon. Hätte es schon Handys gegeben, ich denke, du hättest dich noch öfter gemeldet und mir täglich mehrere SMS geschrieben. Erinnerst du dich noch an die Single mit dem Lied von Stevie Wonder, die uns Sylvia zu Weihnachten schenkte? „I just called to say I love you" als Anspielung auf deine häufigen Anrufe. Es war zu spüren, dass deine Gedanken bei mir waren. Woher hattest du diese Wärme und die tiefen Gefühle, die es in deinem Elternhaus doch gar nicht gegeben hatte?

Von Hanna, Patricias Tochter, stammt der Begriff der „Zahnrad-Beziehung" und das beschrieb uns ziemlich gut. Alles griff perfekt ineinander. Vielleicht, weil uns der Alltag fehlte, der so viele Gefühle zermürben kann. Nach der Expansion deiner Firma und der damit verbundenen häufigeren Anwesenheit in Hamburg hatten wir zwar jahrelang so etwas Ähnliches wie einen normalen Familienalltag, aber immer nur auf Zeit. Vielleicht war es auch gar nicht der fehlende Trott, sondern die *Hintertür*, die immer vorhanden blieb. So sehr unsere Herzen zusammengeschweißt waren, wir hatten uns niemals ganz. Vielleicht war es diese Mischung aus Liebe und Freiheit, die uns ein Leben lang vor dem bewahrte, was so vielen in unserem Umfeld widerfuhr. Ich war so unglaublich gerne mit dir zusammen. Mir war immer klar, ich wäre auch alleine zurechtgekommen, aber ich wollte dich einfach. Ich habe dich niemals *gebraucht*, ich habe dich immer *gewollt*. Unsere Liebe war etwas Außergewöhnliches, und ich bin so dankbar, dieses Geschenk bekommen zu haben. Nicht viele Menschen haben das Glück, jemanden zu finden, der einem in jeder Minute des Zusammenseins und sogar aus der Ferne das Gefühl gibt, man würde sein Leben wertvoller, intensiver und sinnvoller machen.

Yves

Als wir uns kennen lernten, hattest du schon viel erlebt. Ich wünschte, dein Start ins Leben wäre ein besserer gewesen. Deinen Vater kanntest du kaum. Als er 1942 starb, warst du gerade einmal zwölf Jahre alt, zwei Jahre zuvor hatte die Wehrmacht das Elsass eingenommen und unter deutsche Verwaltung gestellt. Dein Vater war Ingenieur bei der französischen Post und wurde eines Tages ohne Vorwarnung festgenommen und in ein Arbeitslager deportiert. Den Grund erfuhr niemand. Deine Familie vermutete, es habe unerlaubte Nachrichtenübermittlungen gegeben, doch ob dein Vater darin wirklich verwickelt war, konnte niemand bestätigen. Ebenso unverhofft wie er abgeholt wurde, lag er eines Tages wieder vor der Tür. Mehr tot als lebendig. Er war bereits seit vielen Jahren lungenkrank und die Zeit im Lager hatte ihm den Rest gegeben. Nur kurze Zeit später verstarb er. Deine Familie galt durch die vermeintliche Tat des Vaters als „politisch nicht zuverlässig" und so zwang man dich vierzehnjährig mit zwei weiteren Jungen zum

Reichsarbeitsdienst in der Luftnachrichtenschule in Halle an der Saale. Deine Deutschkenntnisse waren nur gering und Französisch zu sprechen war dort selbstverständlich verboten. Wenn du aus dieser Zeit etwas Positives gezogen hast, dann, dass man dich dort an die Fliegerei heranführte. Die Leidenschaft dafür ließ dich ein Leben lang nicht mehr los.

Kurz vor Kriegsende seid ihr drei Jungs geflohen und habt versucht, euch zu Fuß nach Hause durchzuschlagen. Wochen später kamen zwei von euch erschöpft und ausgehungert im Elsass an; der dritte hatte es bei einem Fliegerangriff nicht mehr rechtzeitig in den Bunker geschafft und wurde von den Bomben zerrissen. Ihr fandet ihn am nächsten Morgen. Zurück im Elsass gab es für dich viel Arbeit, zumal der ältere Bruder, ein angehender Priester, in Russland in Gefangenschaft gekommen war – niemand wusste, wo und ob er noch lebte. Zwei ältere Schwestern wohnten noch zuhause. Deine Mutter war eine durch und durch bigotte Frau, geprägt von der katholischen Kirche in ihrer schlimmsten Form. Der Berufswunsch ihres ältesten Sohnes machte ihn für sie zum unangefochtenen Helden und eines Tages sicherlich würdigen Nachfolger ihres verehrten Bruders. Dieser hatte als Erzbischof im Orden der „Mission Africaine", nachdem die vormals deutsche Kolonie Togo 1916 von französischen und britischen Streitkräften eingenommen und aufgeteilt wurde, den Grundstein zur dortigen katholischen Mission gelegt. Seine persönliche Interpretation der religiösen Grundsätze war, wie du erzähltest, vermutlich eine sehr eigenwillige: „Ich kenne keinen Menschen, der sich mehr vor dem Sterben fürchtet als mein Onkel. Er muss viel gesündigt haben in seinem Leben." Dein Bruder kam nach Kriegsende psychisch wie physisch schwer angeschlagen aus Russland zurück und verschwand sofort wieder im Priesterseminar. Geredet wurde kaum, die Atmosphäre innerhalb deiner Familie war sehr kalt. Natürlich hatte deine Mutter ein hartes Leben, aber rechtfertigt das, sein Kind niemals in den Arm zu nehmen?

Der Krieg und dein Elternhaus nahmen dir viele Chancen. Kultur und Bildung spielten bei euch bzw. bei deiner Mutter kaum eine Rolle und die kriegsbedingten Unterbrechungen der Schulzeit taten ihr Übriges. Der Besuch des Gymnasiums war dir aufgrund der väterlichen Vorgeschichte ohnehin durch die Nazis verwehrt. Zeitlebens hast du es bedauert, keine umfangreichere Bildung genossen zu haben. Es wäre dein Traum gewesen, das Abitur zu machen und im Anschluss ein Studium der Ingenieurwissenschaften, und ich bin sicher, du hättest beides ohne Probleme geschafft. Stattdessen besuchtest du nach dem Krieg neben der schweren Arbeit in einer Gießerei – damit die Familie etwas Geld hatte – und deinen sportlichen Hobbys eine Abendschule in Straßburg. Der Abschluss „Ing. (grad)" war damals auch ohne das Studium an einer Universität möglich, und dein Ticket zu einem guten Berufseinstieg im Ingenieursbereich. Die zwangsläufige Wehrpflicht absolviertest du bei der französischen Luftwaffe. Man bot dir an, dich danach für die Air France zu verpflichten, doch du entschiedest dich für die Ingenieurlaufbahn. Kurz nach dem Einstieg in das Berufsleben hast du geheiratet, du warst damals 27 Jahre alt. Die Ehe basierte nicht auf Liebe, aber auf großer Freundschaft und ihr bekamt drei Kinder, die du über alles liebtest.

Trotz deiner schlechteren Bildungsvoraussetzungen hattest du während deines Berufslebens niemals Probleme. Weder bei Verhandlungen mit zuständigen Ingenieuren, Chemikern und Geschäftsleitungen noch im alltäglichen Fachgespräch. Vielfach haben die Firmen bei Folgeaufträgen ausdrücklich dich angefordert. Durch deine freundliche Art und inzwischen hohe Kompetenz warst du sehr beliebt und anerkannt. Wenn du dich zwischen den Monteuren bewegtest, zogst du allerdings auch gerne mal den „Blaumann" an und warst sofort einer von ihnen. „Dabei kann man viel lernen, und man sollte die Leute schätzen, die das umsetzen, was wir auf dem Papier entwickeln", das war immer dein Credo. Du hattest großen Respekt vor jedem Material und der Arbeit der Menschen, die damit umgingen. Bei einem Fabrik-Aufenthalt in Markkleeberg in der Nähe von Leipzig, damals noch DDR, konntest du beobachten, wie ein Arbeiter eine Handvoll Schrauben ins Laufwerk der Maschine schmiss, um endlich Feierabend zu haben, und damit das Laufwerk ruinierte. „Dabei blutete mir regelrecht das Herz", klagtest du mir am Telefon. Maschinen, Technik, das war deine Welt. Aber auch geprägt durch die vielen Ferienaufenthalte auf dem Bauernhof eines Onkels gab es etwas, wofür du all das sofort eingetauscht hättest: „Mein Traumberuf wäre Landwirt mit eigenem Flugplatz." Meine Antwort kam prompt: „Wenn du schon träumst, dann träume bitte auch, wie *ich* hinein da passe! Ich werde bestimmt keine Bäuerin!" „Du bekommst ein Pferd und machst immer den Kontrollritt." Was für eine Vorstellung!

—

Angesteckt von der Fliegerei hattest du als junger Mann mit ein paar Freunden einen Segelflugclub in deinem Heimatort gegründet. Du hattest immer einen eigenen Segelflieger, zweifellos ein teures Hobby, aber deine große Leidenschaft. Ich bin niemals mit dir geflogen, du wusstest, dass mir das nicht ganz geheuer war. Wenn ich ein Passagierflugzeug nutzen muss, um einen Urlaubsort zu erreichen, atme ich tief durch und steige ein, bin aber jedes Mal froh, einige Zeit später wieder festen Boden unter den Füßen zu haben. Aber so eine kleine Maschine? Deine Leidenschaft für den Segelflug teiltest du besonders mit deinem Freund Bernard, ein sehr lebensfroher, fröhlicher Mensch, aber ein wahrer Filou. In keiner Lebenslage ein Kostverächter. Ein Mann, der das Geld so ausgab wie es hereinkam. Seine ganze Familie lebte für den Segelflug. Der Sohn wurde später Pilot bei Air France und preisgekrönter Segelflieger. Bernard investierte riesige Summen in den An- und Verkauf von Segelfliegern. Ich lernte ihn in Hamburg kennen, als er dich für eine Woche begleitet hat. Er weckte dich nachts, als er von der Reeperbahn zurückkam, um dir haarklein zu berichten, was er alles erlebt und gesehen hatte! So ein weit gereister Mann, aber das hatte ihm dennoch mächtig imponiert. Später einmal, als

—

du beruflich in Moskau warst und ich mir ein paar Tage auf einer Beauty-Farm im Brenners Park-Hotel in Baden-Baden gönnte, machte ich einen Abstecher ins Elsass zu eurem Flugplatz. Ich wollte einmal mit eigenen Augen sehen, wovon du mir immer erzählt hast. Ich traf dort tatsächlich auf Bernard und er zeigte mir deine Maschine. Eine merkwürdige Situation für beide Seiten. Was Bernard über unsere Beziehung dachte, wusste ich niemals wirklich, er kannte ja hauptsächlich dein „normales" Leben mit Frau und Kindern, doch ließ er sich nichts anmerken. Du sagtest einmal: „Wenn es jemals ein Problem gibt, und du mich nicht erreichen kannst, dann ruf Bernard an." Jahrzehnte später, als du bereits schwer krank warst und zu schwach zum Telefonieren, sollte ich mich daran erinnern.

Das Fliegen blieb deine größte Leidenschaft – bis unsere Liebe begann. Um die Piloten-Lizenz zu halten, musstest du jährlich eine gewisse Anzahl an Flugstunden absolvieren. Eine Leichtigkeit für dich, du lagst jeweils weit über dem Soll. Im Laufe unserer Beziehung wurde die Zeit dafür jedoch immer weniger, zumal du auch immer seltener im Elsass warst. Ende der 90er verlorst du schließlich deine Fluglizenz. Eine ganz bewusste Entscheidung. „Es ist mir wichtiger, bei dir zu sein, Nounou."

—

Auch gearbeitet hast du immer sehr gerne, dabei war dir nichts zu viel. Ich erinnere mich nur an eine einzige wirklich kritische Situation. Weißt du noch, als du im Senegal beinahe alles hingeschmissen hast? Einige Monate vorher war dein afrikanischer Kunde, ein Monsieur Mbe, in Hamburg, angeblich, um die von ihm bestellte Maschine im Versuchsfeld zu testen. Gesehen hat er sie allerdings nie. Stattdessen residierte er im „Hotel Atlantic" und bestellte regelmäßig etwas ganz anderes, nämlich ganz gewisse Damen auf sein Zimmer. Als du einen Monat später zur Ortsbesichtigung und technischen Besprechung auf den afrikanischen Kontinent gereist bist, führte dir Monsieur Mbe vor allem sein luxuriöses Zuhause und seine Frauen vor, gleichzeitig konntest du wenige Kilometer weiter am Strand das Elend der Bevölkerung sehen. Da hast du deine Sachen gepackt, bist zurückgeflogen und hast deinem Chef erklärt: „Auf die Gefahr hin, dass Sie mich entlassen, mit diesem Mann verhandle ich nicht mehr!"

—

Wir

Die meisten Dinge ließen wir einfach auf uns zukommen. Miteinander Zeit zu verbringen war, neben den Kindern, das Wichtigste in unserem Leben. Was wir in Hamburg unternahmen oder ob
wir überhaupt etwas unternahmen, entschieden
wir meist spontan. Manchmal stand schon im Vor-
feld ein Termin fest, etwa weil wir bei Freunden
eingeladen waren, oder mein Vater Hilfe im Hotel brauchte, aber ab und an batest du: „Mach mir
bitte kein Programm am Wochenende, ich möchte
einfach nur die Beine hochlegen, es war eine harte
Woche", und dann war auch das völlig in Ordnung.
Gewohnheit war für uns beide nie ein Thema. Ohnehin war es mir oft ein Rätsel, wie du bei deinen
ganzen Verpflichtungen und den stressigen geschäftlichen Reisen überhaupt noch den Elan haben konntest, am Wochenende aktiv zu sein. Aber
für einen sportlichen Menschen ist das vermutlich normal. Du mochtest Bewegung, du mochtest
Schnelligkeit. Spaziergänge waren eher schwierig. Irgendwann gucktest du dabei immer auf die

—

Uhr: „Du sagtest etwas von zwanzig Minuten, jetzt sind es schon vierzig!" Es war dir schlichtweg zu gemächlich.

Du fuhrst auch gerne Auto, und da die Autobahnen damals noch wesentlich leerer waren und es kaum Geschwindigkeitsbegrenzungen gab, konntest du ordentlich auf die Tube drücken, um schnell bei mir zu sein. „Ich denke während der ganzen Autofahrt nur daran, dich in den Arm zu nehmen und nicht mehr loszulassen." Dein großer Citroën – du hattest sechs Stück im Laufe der Jahre – war dir stets ein zuverlässiger Begleiter. Ich erinnere mich, dass du ihn besonders innen sehr gepflegt hast. Außen war, typisch französisch, Schmutz oder gar ein Kratzer nicht weiter dramatisch, das konnte man beizeiten entfernen lassen. An mir hast du nie etwas beanstandet, aber mit deinen Sachen warst du ziemlich pingelig. „Der Elsässer gilt unter seinen Landsleuten als beflissen und pedantisch" las ich irgendwo mal. Manchmal traf dieses Klischee auf dich zu!

„Les bons comptes font les bons amis." (Genauigkeit in Gelddingen, vor allem mit Freunden) Das sagtest du oft, wenn es um irgendeine Abrechnung ging. Du warst weder geizig noch erbsenzählerig, fandest aber, man sollte die Dinge, die man in

Anspruch nimmt, immer schnellstmöglich ausgleichen, auch im privaten Kreis, dann sei man auf der sicheren Seite. Als ich meine neue Nachbarin vor einigen Jahren bat, meine Katze während unseres Urlaubs zu hüten, und nicht recht wusste, wie ich das vergüte, lautete dein Tipp: „Bezahl es ihr, die Tierpension würde dich mehr kosten. Andernfalls hat sie etwas gut bei Dir und du hast vielleicht keine Lust, dich zu revanchieren, wenn sie darauf zurückgreifen möchte. Mach Dir nicht diesen Druck. Bezahle sie für ihre Hilfe und du wirst dich besser fühlen." So habe ich es dann immer geregelt und du hattest damit Recht.

Für dich selbst warst du sparsam, für andere großzügig. Für mich war dir kaum etwas zu teuer. Ich erinnere mich nur zu gut an die Geschichte mit der Cartier-Uhr. Du wusstest, dass ich für ein ganz spezielles Modell schwärmte. Zu einem unserer „Jahrestage" wolltest du sie mir dann unbedingt schenken, aber das habe ich dir verboten. „Yves, so etwas brauche ich nicht." Ich suchte mir stattdessen eine nicht ganz so kostspielige „Maurice Lacroix" aus, die ich seither und hoffentlich noch viele Jahre trage. Ja, ich musste fast vorsichtig sein, dir von etwas zu erzählen, was mir gefiel, ich konnte sicher sein, dass du es mir bei deinem nächsten Besuch

—

mitbrachtest. Kamen wir im Gespräch auf Städte oder Gegenden, die ich sehen wollte, dann versuchtest du, deine Termine so zu legen, dass du die Zeit für eine entsprechende kurze Reise finden konntest. Anfangs habe ich mich sehr gewehrt, wenn du etwas bezahlen wolltest, aber irgendwann habe ich verstanden, was ich dir damit nahm. Du warst einfach glücklich, wenn du mir eine Freude machen konntest. Das mussten keine großen Dinge sein, mir waren all die Kleinigkeiten, die deine ständige Aufmerksamkeit zeigten, viel lieber. So schenktest du mir einmal ein „Larousse Wörterbuch", das inzwischen völlig zerfleddert war. „Oh, da muss wohl mal ein neues her", hatte ich noch gar nicht ganz ausgesprochen, das lag das neue schon auf dem Tisch. Ein derart dicker Brocken von Pons, dass ich wohl selbst Fachvokabeln sämtlicher Handwerksspezialgebiete darin hätte nachschlagen können. Ich guckte vermutlich einigermaßen erstaunt, denn du erklärtest ganz schnell, das sei das Beste, was man aktuell auf dem Markt bekäme – so sagte die Verkäuferin – und weniger als das Beste wolltest du für mich nie.

Accessoires oder Kleidung kauftest du mir jedoch nur, wenn ich dabei war, oder wenn du genau wusstest, dass ich dieses oder jenes Teil schön fand.

—

Da traute ich deinem Geschmack nicht, was du mit einem Lächeln zur Kenntnis nahmst. Es tut mir heute noch leid, wie ich auf den Ring reagiert habe, den du dir von einem Juwelier in Österreich hast aufschwatzen lassen. Er war derart hässlich und ich so entsetzt, dass aus mir herausplatzte: „Wo hast du *den* denn gefunden? Auf dem Flohmarkt?" Glücklicherweise nahmst du mir nie etwas übel. Dasselbe galt auch für meine Mitauswahl deiner eigenen Kleidung. Wir gingen zusammen, weil du alleine keine Lust hattest und Anprobieren war für dich ohnehin eine Strafe. Am allerliebsten war es dir, wenn ich die Sachen alleine kaufte, du zuhause alles testen konntest, und ich zurückbrachte, was nicht passte. Wir haben oft gelacht, wenn du deine Kleidung nach Farben und Mustern alleine ausgesucht hast und so das Haus verlassen wolltest „Bei uns im Elsass passt das!" – meistens konnte ich es rechtzeitig verhindern. Äußerlichkeiten waren dir absolut nicht wichtig. Ich erinnere mich nur an zwei Accessoires, an denen du wirklich hingst. Eines war eine Breitling-Fliegeruhr, die du noch aus deiner Militärzeit besaßt. Die hätte seinerzeit zwar abgegeben werden müssen, aber auf irgendeinem Wege schafftest du es, sie zu behalten. Manche Leute boten dir viel Geld für das Schmuckstück, aber sie war natürlich

—

unverkäuflich. Weißt du noch, dass wir seinerzeit achtzig Kilometer zurückfahren mussten, als du sie in Dunen bei Cuxhaven am Hotel-Pool vergessen hast? Dann gab es die dünne goldene Halskette mit der Madonna im Anhänger, ein Geschenk deiner Patentante zu deiner Kommunion. Auch wenn ich immer lachte, weil meiner Meinung nach nur Strandgigolos so etwas tragen, nahmst du sie niemals ab. Nicht beim Schlafen, nicht beim Duschen, nie. Für einen doch eher nüchternen, gradlinigen Mann wie dich sehr ungewöhnlich.

Für mich war es eher schwierig, dir Geschenke zu machen, weil du keine materiellen Wünsche hattest. Einmal kaufte ich dir einen Lederblouson, den du tatsächlich lange und gerne getragen hast. Aber für deine Hobbys? Ohne dein Fachwissen war es mir kaum möglich, dir ein technisches Gerät oder gar etwas für deine Fliegerei zu schenken. Und dass du für „unnötigen Schnickschnack" nichts übrig hattest, erlebte ich bei so manchem Schaufensterbummel. „Was die Industrie sich alles einfallen lässt, was keiner wirklich braucht, schon erstaunlich, oder?" Wichtig war uns die Schenkerei sowieso nie. Die kleinen Dinge des Alltags zählten viel mehr. So sehr ein paar Vorurteile über den Elsässer an sich zutrafen, so sehr warst du auch Franzose mit allem, was man an Klischees damit verband, beispielsweise dem Faible für gutes Essen und dem berühmten Laissez-faire.

Bevor ich dich kannte, war ich eine auf Sicherheit bedachte Person. Von dir lernte ich Gelassenheit. Du brachtest mir bei, auch mal Fünfe gerade sein zu lassen. Wenn wir eine Ferienwohnung von Samstag bis Samstag gebucht hatten, wäre ich schon zur Mittagszeit angereist und auch um diese Zeit wieder zurück, doch du nahmst gewöhnlich den Druck raus: „Lass uns erst nach dem Frühstück zu Hause losfahren, dann kommen wir halt am späten Nachmittag an, was soll's. Ich mag nicht mitten in der Nacht aufstehen und starten müssen. Ersparen wir uns doch die Hektik." Wenn ich zu Beginn unserer Beziehung noch meinte, meinen Teller im Restaurant unbedingt leer essen zu müssen, war deine Reaktion: „Lass es liegen, wen interessiert das?" Ich lebte – wie ich es gelernt hatte – nach Regeln und Ritualen, habe mich unnötigem Druck ausgesetzt, und du brachtest mir bei, zu entspannen und auch mal auf mein Gefühl zu hören. Das habe ich übernommen und es wirkt bis heute nach.

Grundsätzlich war ich nie eine begeisterte Köchin, aber du ein großer Freund von Suppen- und Eintöpfen. Natürlich habe ich das für dich

—

vorbereitet, möglichst viel eingefroren, damit wir unsere gemeinsame Zeit nicht mit Kochen „vertrödeln" mussten. Meist kamst du allerdings nur mit kleinem Hunger bei mir an. Erinnerst du dich noch an deine Zwischenstopps im „Reinhardshain"? Eine herrlich liebevolle Marotte. Als du die lange Strecke noch per Auto kamst – später ja per Flugzeug – hast du immer an dieser hessischen Autobahnraststätte gehalten, dir einen Eintopf bestellt und mich dann angerufen. Du warst durchaus ein Gourmet und durch viele Essenseinladungen beruflicher Natur auch edlere Speisen gewöhnt, aber im Grunde liebtest du die einfache Küche. Und Süßspeisen, vor allem karamellisierte Apfelpfannkuchen, Eis und Tarte aux pommes (Apfelkuchen). Davon konntest du Mengen essen, von denen ich mich eine ganz Woche lang ernähren würde. Ein großer Gemüsefan warst du dagegen nicht, es sei denn, es lag in einem Eintopf. Dann lieber etwas Kräftiges wie Cervelat, eine dünn geschnittene Fleischwurst im Salat. Oft genossen wir gemeinsam ein gutes Steak im „Churrasco" oder gegrillte Seezunge im Fischereihafenrestaurant. Deine Firma hat dich ständig angehalten, die Kunden einzuladen und Spesen zu machen, aber meistens haben eure Kunden die Rechnung übernehmen wollen, also konnte ich profitieren und wir gingen entsprechend oft ins Restaurant – was für ein wunderbarer „Zwang". Sehr zum Ärger meines Vaters, der es gar nicht mochte, dass ich so kostspielig umgarnt wurde.

Um unsere Figur mussten wir uns bei dem ganzen Geschlemme keine großen Sorgen machen. Wir spielten zusammen Tennis und waren ohnehin den ganzen Tag beruflich in Bewegung. Einzig als du mit dem Rauchen aufhörtest, nahmst du ein paar ungewollte Kilos zu. Als ich dich kennen lernte, hattest du gerade deinen *Gitanes* Adieu gesagt, von einem Tag auf den anderen. Vorher warst du nach deinem Erzählungen ein starker Raucher gewesen. Die Abstinenz klappte ganz wunderbar, selbst wenn ich meine Nachmittagszigarette zum Kaffee genoss. Irgendwann, als du meintest, längst über die Sucht hinweg zu sein, stecktest du mir regelmäßig meine Zigarette an, nahmst den ersten Zug, später einen zweiten und irgendwann eine ganze eigene. Es hatte dich wieder erwischt. So ging es einige Jahre, bis du von einem Tag auf den anderen meintest, es würde dir nicht mehr bekommen. Um dir den Entzug zu erleichtern, liess ich die Schachtel fortan in der Schublade wenn du bei mir warst. Mir fiel das leicht, ich war nie eine starke Raucherin, bis heute werden es maximal drei bis

—

fünf Zigaretten am Tag, vorzugsweise nachmittags zum Kaffee.

Wie immer schafften wir es auch hier, gemeinsam einen Kompromiss zu finden. Wir wollten beide, dass es dem anderen gut geht, so einfach war das. Streit gab es nie. Ich erinnere mich an eine einzige Kränkung, aber selbst da wusste ich, dass du es nicht bewusst getan hattest, sondern einfach nur unbedacht warst. Wir feierten mit Freunden und jemand fragte dich nach deiner Familie. Du plaudertest unbefangen los, erzähltest von deiner Frau, zeigtest Fotos von den Kindern, und es war dir keine Sekunde bewusst, wie unangenehm mir das war. Es war ja alles kein Geheimnis und grundsätzlich in Ordnung, aber hier hat es mich gestört. Hinterher hab ich dich darauf angesprochen und es tat dir fürchterlich leid.

Ein andermal war ich diejenige, die sich entschuldigte. Es ging um ganz banale Haushaltsdinge und ich sagte: „Ach, so etwas stört Yves nicht. Das sieht er gar nicht." Du warst empört darüber, dass ich dich als derart desinteressiert und nahezu phlegmatisch hinstellte und dir dieses Gefühl vermittelt zu haben, tat mir, als wir später darüber sprachen, sehr leid. Es gab nie etwas Unausgesprochenes, nichts wurde verdrängt. Wir konnten über alles reden, und gab es

—

wirklich mal ein Problem, fanden wir gemeinsam eine Lösung. Immer. Es gab keine unfreundlichen Worte, stattdessen haben wir viel zusammen gelacht, auch über unsere eigenen Marotten. Abgesehen von dem unterschwellig immer vorhandenen schlechten Gewissen gegenüber deiner Familie hatten wir keine wirklich schwierigen Zeiten. Es gab weder gesundheitliche Probleme, noch finanzielle Sorgen, keine Angst um unseren Arbeitsplatz. Die einzige etwas kniffligere Phase war das Heranwachsen von Mark. Er war und ist der Denker, du der Macher. Da prallten manchmal zwei Welten aufeinander, und Mark forderte diesen Aufprall oft heraus. Niemals vergesse ich den Urlaub in Verbier 1978. Der Junge war vierzehn Jahre alt, mitten in der Pubertät und gerade sehr an einem permanenten Kräftemessen interessiert. Zu allem Unglück gab es am Ort extrem viel Schnee und nur unzureichend präparierte Pisten, so dass wir wenig Ski laufen konnten, und viel Zeit zu dritt in der kleinen Pension verbrachten (zum ersten und einzigen Mal hatte ich eine Pension gebucht). Eine sehr aufreibende Zeit. Dein Selbstbewusstsein hat das nie tangiert, aber es war dennoch oft anstrengend – für alle Beteiligten.

Es war halt nicht alles so wie in anderen Familien. Das übersahen wir manchmal bei all der

—

scheinbaren Normalität. Meine Mutter öffnete mir da einmal die Augen. Mark war zu der Zeit enorm selbstbewusst und überschritt dabei oft die Schwelle zur Arroganz. Sie sagte: „Überleg doch mal, was der Junge alles wegstecken muss und musste. Er musste sich schützen, auch gegen Anfeindungen anderer Kinder und diese Selbstüberschätzung ist sein Schutz." Recht hatte sie. So hatte ich das nie gesehen. Ich dachte immer nur, kein Kind auf der Welt wird so geliebt wie dieser Junge, da kann ihm alles andere doch nichts anhaben. Seinen zweiten Vornamen verband ich mit dem irischen Nationalheiligen, dem ein großer Pioniergeist nachgesagt wird. Ich hoffte, davon würde etwas auf ihn übergehen, und das hat scheinbar geklappt. Direkt nach dem Abitur ist er in die Welt gezogen, ohne dass ich ihn jemals dazu gedrängt hätte. Ich wollte ihn niemals formen, er sollte frei entscheiden. Ich habe immer nur versucht, ihm die Werte zu vermitteln, an die ich glaube. Er war kein einfaches Kind, hat mich (und dich) oft bis an die Leistungsgrenze gefordert, aber vermutlich war diese Zeit auch für ihn nicht leicht. Ich bin dankbar, dass ich ihn habe.

Deine drei Kinder konnte ich leider nie persönlich kennenlernen, aber durch deine Erzählungen verfolgte ich ihr Leben recht nah mit. Du zeigtest mir Bilder, später auch von deinen Enkeln und ich spürte, wie viel sie alle dir bedeuten. Es war nicht leicht, zu akzeptieren, dass ein Teil dieses Mannes, den ich so sehr liebte, mir immer fremd bleiben würde, aber es gab keinen anderen Weg. Für deine Frau mussten wir ihre Fassade der „heilen Welt" aufrecht erhalten, um unsere Liebe leben zu können, so lautete der unausgesprochene Deal. Natürlich spürte sie schon lange, dass sie deine Zuneigung verloren hatte. Regelmäßig verreist der Mann, immer wieder ist er für einige Zeit in Hamburg, da kommt es einer „normalen" Ehefrau ohne berufliche Verpflichtungen nicht ein einziges Mal in vier Jahrzehnten in den Sinn, ihn begleiten zu wollen? Sie konnte dich telefonisch tagsüber im Büro erreichen oder abends im Hotel, doch merkwürdigerweise versuchte sie es nahezu nie, hat immer deine Telefonate abgewartet. Ich denke, sie wollte partout keinen Riss an ihrer Fassade entstehen lassen, nicht gehen und schon gar nicht verlassen werden. Vielleicht aus Angst vor einer ungewissen Zukunft, vielleicht aus Scham. Lieber akzeptierte sie die Unsicherheit – allerdings nicht ohne Gegenwehr. Sie stellte dich nicht zur Rede oder suchte aktiv einen Kompromiss, sondern begann, dich emotional zu erpressen und wurde zänkisch. Deine Frau versank in einer Opferrolle und traf damit dein Gewissen.

Ich wusste von Fotos, wie sie aussieht, ansonsten erfuhr ich wenig. Du sprachst selten von ihr, vor allem nicht negativ. Als großer Menschenfreund mochtest du es nicht, wenn man andere Leute kritisierte. „Il faut du tout pour faire un monde" (man braucht von allem, um eine Welt zu machen), das waren deine Worte und damit wirst du noch heute oft in unserem Freundeskreis zitiert. Es gab allerdings etwas, was dich zuhause enorm störte, und das war ihr „Putzfimmel". Dieser verhinderte, wie du erzähltest, jede Form von Gemütlichkeit. Ständig waren irgendwo die Stühle hochgestellt und statt Hintergrundmusik lief der Staubsauger. „Das ist der Frust, den sie da verputzt", erklärte ich dir. Sie wusste, dass es mit dir keine Konflikte geben würde, denn sie hatte ja, wie du immer sagtest „genug zu leiden" – eine instabile Gesundheit, nichts Lebensbedrohliches, aber unter anderem starke Krampfadern in den Beinen, die dazu führten, dass sie praktisch nie schmerzfrei war. Das sorgt verständlicherweise nicht unbedingt für gute Laune und Ausgeglichenheit.

So sehr wir beide uns liebten, die gemeinsamen Jahre waren immer begleitet von dem Wissen, dass

—

wir Menschen verletzten, dass wir bzw. du selber daran Schaden nehmen können, dass wir das Ganze eigentlich, so unfassbar schwer es auch sein möge, beenden müssten. Ich hatte es in Spanien versucht, ohne Erfolg. Nach vielen Gesprächen machtest auch du eines Tages einen Versuch und nahmst das Angebot einer Straßburger Firma an. Aufgrund deiner inzwischen guten Sprachkenntnisse schickte man dich zu Verhandlungen zu deutschen Firmen, und sobald es in die Nähe Hamburgs ging, standest du vor meiner Tür. „Nounou, ich schaffe es einfach nicht." Mir ging es natürlich genauso. Ich vermisste dich schrecklich und war mir sicher, mit diesem Zwang auf beiden Seiten halfen wir niemandem. Eine Trennung war der falsche Weg, es musste irgendeinen anderen geben. Manchmal dachte ich, etwas Ruhe in einer Kirche zu finden und ich hoffte, das könnte auch für dich ein Weg sein, doch du hattest damit nicht mehr viel im Sinn. „Worum sollte ich Gott bitten", fragtest du mich, „darum, dass wir beide zusammen leben können? Soll ich mir also wünschen, dass meine Frau stirbt?"

Rückkehr

Die Zusammenarbeit mit meinem Vater war nie konfliktfrei. Es gab fortwährend Diskussionen um Details. Seine Kleinkariertheit erstickte jede Veränderung im Keim. Je rentabler der Hotelbetrieb lief, desto mehr hatte ich mich in den Hintergrund zurückgezogen und verstärkt um das Kaufmännische gekümmert. Im Frühjahr 1980 sprach mein Vater zum ersten Mal darüber, das Hotel in andere Hände zu verpachten. Meine Eltern waren damals beide bereits über siebzig Jahre alt und vor allem mein Vater körperlich sehr angeschlagen. Er kämpfte mit starken Gelenkbeschwerden, vermutlich eine Spätfolge seiner langen Jahre als Leistungssportler. Würde ich mir die Arbeit alleine zutrauen? Ich ließ mir etwas Zeit zum Überlegen. Die Verantwortung war mir eigentlich viel zu groß; ich hatte die Arbeit „aus der zweiten Reihe" in den letzten Jahren sehr schätzen gelernt. Außerdem war ich finanziell gut versorgt und sicher, jederzeit anderswo noch eine Beschäftigung zu finden. Nein, wenn das Hotel neu verpachtet würde, wollte ich auch aussteigen. Mein

—

Vater akzeptierte meine Entscheidung und gemeinsam suchten wir nach einem Nachfolger. Aus mehreren Interessenten entschieden wir uns zunächst für ein Ehepaar, was sich nach einiger Zeit aber als Reinfall herausstellte. Das Konzept der beiden, das anfangs sehr ansprechend klang, wurde mehr und mehr verwässert. Wir wollten die Arbeit ja nicht einfach nur loswerden, sondern sie an jemanden weiterreichen, der alles daran setzte, dass das Haus auch in ein paar Jahren noch existieren würde. Kurze Zeit später interessierte sich eine GmbH für das Objekt und wir fanden nach und nach Gefallen an dieser Lösung. Als wir das Hotel 1981 verpachteten, bot man mir an, mich zu übernehmen, doch ich lehnte ab. Man sollte immer wissen, wann etwas beendet ist. Bis heute habe ich diese Entscheidung keine einzige Minute bereut. Meine Eltern konnten bis zu ihrem Tode gut von der Pacht leben und nun versorgt sie mich, wenn auch erheblich reduziert aufgrund der allgemeinen Wirtschaftslage.

Nach dem Ausstieg aus dem Hotel – du warst schon lange wieder bei deiner alten Firma in Hamburg – arbeitete ich halbtags noch ein paar Jahre touristisch bei einem Spezialbetrieb für Gruppenreisen und betreute dort Busunternehmen, die mit ihren Gästen die Hansestadt besuchten. Ich

—

blieb dort, bis mich ein Kollege zu einer Unternehmensberatung abwarb. Für diese arbeitete ich bis zum Ende meiner Hamburger Jahre, eine sehr spannende und lehrreiche Phase.

Von Beginn der 90er Jahre an beschäftigte uns deine näher rückende Pensionierung. Uns war nicht ganz klar, wie diese Veränderung für uns aussehen könnte, aber ich wusste, ich würde nicht gerne in Hamburg bleiben, wenn du nicht mehr kommst. Fast dreißig Jahre lebte ich nun schon in dieser Stadt und die meiste Zeit davon zusammen mit dir, aber so sehr ich die Hansestadt liebte, die Zeit hier auch kulturell genoss, im Herzen bin ich Rheinland-Pfälzerin geblieben, dort sind meine Wurzeln. Ich fand meine kleine Provinz im Naheland immer schön, auch heute noch, und ich habe mich in all den Jahren an der Elbe immer danach gesehnt, mal wieder in ein Tal hinab zu gucken. Da kam eines Tages der Anruf meines ehemaligen Chorleiters genau richtig. Nach mehreren beruflichen Stationen hatte er zwischenzeitlich eine Professur für Chor- und Orchesterleitung an der Johannes Gutenberg-Universität in Mainz und dort brauchte er Unterstützung. Er erinnerte sich, dass ich gerne zu meinen Wurzeln zurück wollte: „Hättest du nicht Lust, hier für mich zu arbeiten?“

—

Halb im Spaß hatte ich ihm das schon in Aussicht gestellt, als er mir, die wir über den Chor hinaus freundschaftlich verbunden waren, von seiner Arbeit an der Universität erzählte. Sein Angebot im Sommer 1993 kam zeitlich so passend, es schien wie für mich bestimmt. Die wichtigsten Menschen in meinem Leben würden Hamburg bald verlassen und ich wollte nicht alleine zurückbleiben. Mark war direkt nach seinem Abitur 1983 ins Ausland gegangen. Nach diversen Stationen an wissenschaftlichen Instituten in Süd- und Nordamerika und einem zweijährigen Aufenthalt in Hamburg befand er sich nun mit einem Stipendium in der Tasche auf dem Sprung nach Asien. Du standest kurz vor der Pensionierung und so hielt mich hier nur noch wenig. Eigentlich hatte ich ursprünglich geplant, Hamburg erst zu verlassen, wenn meine Eltern nicht mehr leben würden, aber da sie sehr gut alleine klar kamen, und sich die Konflikte mit meinem Vater häuften, sah ich keine Veranlassung mehr, den Ortswechsel zu verzögern. Unsere Beziehung würde enden müssen, sobald du nicht mehr im Arbeitsprozess warst, das war uns beiden schmerzlich klar. Ich wäre für eine Veränderung auch in jede andere Stadt gegangen, doch durch einen beruflichen Neustart in der Gegend meiner

—

Kindheit und Jugend fiel mir die Umstellung sicher ein Stück leichter.

Du mochtest diesen Plan. Zukünftig würden unsere Wohnorte nur noch zwei statt der bisherigen sechs Autostunden voneinander entfernt liegen und du warst sicher, wir hätten noch die Chance, einander zu sehen. Dein baldiger Abschied aus dem Arbeitsleben verlor ein kleines Bisschen seinen Schrecken. Vielleicht fanden wir doch einen Weg, wie es weitergehen könnte? Ich traute mich noch nicht, weiter darüber nachzudenken, und konzentrierte mich stattdessen ganz auf die Organisation des Umzugs, der schon in wenigen Wochen über die Bühne gebracht werden sollte. Der Job wurde gekündigt, mein Bruder fand in der Heimat schnell eine Wohnung für mich, alles lief bestens. Bevor ich mich aus Hamburg verabschiedete, feierten wir beide Mitte Dezember noch unsere „Silberhochzeit". Natürlich an dem Ort unseres ersten wirklichen Rendezvous, in Quickborn. Als ich eine Woche später auf das Umzugsunternehmen wartete, tanzten wir singend zwischen den Kartons zu Adamo: „Un jour, ma vie, nous écrirons notre roman" (Eines Tages, meine Liebste, werden wir unseren Roman schreiben). Das habe ich nie vergessen und nun versuche ich, unsere Jahre „notre roman" aufzuschreiben, leider ohne dich.

—

Wenn ich die alten Platten höre, besonders Adamo, bist du sofort wieder bei mir. Auf der ersten LP, die du mir mitbrachtest, war sein „Une mêche de cheveux" (eine Haarlocke). Eine Locke meines Haares trugst du über Jahre in deinem Portemonnaie, bis deine Frau sie fand und – verständlicherweise – vernichtete, ohne eine Erklärung zu hinterfragen.

Die Musik hat uns beiden schon immer sehr viel bedeutet. Nach einer Aufführung von Berlioz' Symphonie Phantastique in der Hamburger Musikhalle haben wir auf der Heimfahrt nur geschwiegen, um die Musik nachwirken zu lassen und kurz vor dem Einschlafen sagtest du: "Ich frage mich, ob Menschen, die keinen Zugang zur Musik haben, auch so tiefer Empfindungen fähig sind, wie sie die Musik vermitteln kann. Mein Leben wäre ohne sie jedenfalls um vieles ärmer." Besonders liebtest du die großen Symphonieorchester, durch mich bekamst du auch Freude an Stimmen in Oper und Chorsinfonik, mit der Kammermusik konntest du nicht viel anfangen. Mit zeitgenössischen Kompositionen taten wir uns beide schwer. Wir reisten mit unserer „Europa Chor Akademie" nach New York, dort hatte man den Chor durch das SWR-Sinfonie-Orchester für Bernd Alois Zimmermanns „Requiem für einen jungen Dichter" in der Carnegie Hall verpflichtet. Du quältest dich sichtbar durch jede einzelne Minute und dein erstaunter Kommentar nach der Pause war deutlich: „Sieh dir das an, das Publikum ist tatsächlich wiedergekommen!"

Für Gemälde-Ausstellungen konnte ich dich immer begeistern, bei der Bildhauerei wurde es schwieriger, hingegen verbrachten wir im Technik-Museum in Wien einen halben Tag. Meinen 60. Geburtstag verlebten wir in Florenz und besuchten unter anderem die Accademia, in der die berühmte David-Statue von Michelangelo steht. Während ich ganz begeistert war, setzest du dich ermüdet auf eine der umstehenden Bänke: „So, hier kannst Du mich dann nachher wieder abholen." Auf unserer Indian-Summer-Tour an die Ostküste der USA mit Patricia und ihrem Mann hielt dieser uns in einem Museum einen ausführlichen Vortrag über die amerikanische Geschichte. Das interessierte dich wenig, umso mehr aber eine Wendeltreppe im Gebäude und du erklärtest mir mit Begeisterung diese „wunderbare Drechslerarbeit".

Ich reise und reise viel – mit dir, oft auch alleine oder mit einer Freundin. Viele Reisen standen in Zusammenhang mit der Chorarbeit meines Professors an der Mainzer Universität und der von

—

ihm gegründeten Akademie. Nach meiner Zeit als aktive Sängerin habe ich mich dort um viele organisatorische Dinge gekümmert. So gab es Konzertreisen in die ganze Welt, auf denen du mich begleitet hast, wenn dein Terminkalender es zuließ.

Weite, lange Touren unternahm ich meist ohne dich. So besuchte ich Mark in Südamerika, in den USA und 10 Jahre später in Südostasien. Meinen Flug buchte ich so, dass ich den Jahreswechsel 1994/1995 mit ihm verbringen konnte. So sah ich meinen Sohn und zugleich war Silvester ohne dich nicht so schwer. Erinnerst du dich noch, wie nervös du warst, als du mich bei der Rückkehr am Flughafen Frankfurt abholtest? Du warst derart aufgeregt, dass du tatsächlich vergessen hattest, wo dein Wagen geparkt war und wir mussten eine ganze Weile im Parkhaus suchen.

Als ich im Dezember 1993 in meine Heimstadt zurückkehrte, hattest du noch ein Jahr offizielles Arbeitsleben zu erfüllen. Ein Mitglied unseres Tennisclubs führte ein kleines Hotel am Dammtor, wo du dich für diese Überbrückung während deiner Hamburg-Tage einquartiert hast. Jedes Mal riefst du mich sofort nach der Ankunft an, um mir zu vermitteln, wie einsam es dort ohne mich sei und

wie sehr ich dir fehle. Kurz vor dem Ende deiner
aktiven Zeit machte dir deine Firma das Angebot,
weiterhin projektbezogen beratend für sie zu arbeiten. Dein Wissen und deine Erfahrung wurden
gebraucht, und du nahmst dankend an, schließlich verschaffte uns das wieder zwei, drei Jahre,
in denen du einen Vorwand hattest, das Elsass für
mehrere Tage zu verlassen. Den Zeitpunkt deines
endgültigen Ruhestands wolltest du so lange wie
möglich hinauszögern, zumal du dich vollkommen
fit fühltest. Doch jede Zeit hat ihr Ende und irgendwann gab es keinen beruflichen Grund mehr, nach
Deutschland zu kommen. Den emotionalen gab es
natürlich nach wie vor und so nahmst du die häuslichen Schwierigkeiten in Kauf und fuhrst trotzdem. Eine besonders schwere Zeit. Es war dir klar,
dass du mit deiner Frau Klartext reden musstest,
anders würde es nicht auszuhalten sein. Geahnt
hatte sie es lange, doch sie hoffte sehnlichst, dass
die Zeit für sie arbeiten und sich das Ganze spä-
testens mit deiner Pensionierung erledigen würde.
Sie bat eindringlich, die „Geschichte" mit mir zu
beenden und sie nicht zu verlassen. Du konntest
ihre keine andere Antwort geben als: „Ich ver-
lasse dich nicht, aber ein Leben ohne diese Frau
ist für mich nicht möglich, dann sterbe ich." Die

—

Entscheidung lag nun bei ihr. Die Kinder waren längst ausgezogen, sie konnte dich hinauswerfen oder selber gehen, aber irgendeine Reaktion musste kommen. Sie sah, dass sie gegen unsere Liebe nicht ankam. Sie klammerte sich nun, trotz des Wissens um dein Doppelleben, weiterhin an ihr Zuhause und die Fassade. Wir lebten weiter wie bisher, nur mit dem Unterschied, dass deine Frau nun wirklich informiert war. Du bekamst zwar fortan noch mehr Vorwürfe, doch hielt dich die Schuld, die du ihr gegenüber empfandest, ein Leben lang davon ab, deine Siebensachen zu packen.

Alle zwei Wochen, jeweils am Donnerstag hast du mich nachmittags an der Uni abgeholt. Freitags arbeitete ich vormittags, aber danach hatten wir die Tage für uns, bis ich dienstags wieder arbeiten musste. Samstag- und Sonntagmorgens holtest du die Brötchen. Mir fehlten sie nicht, aber du hattest sie gerne, also gingst du zum Bäcker und ich kümmerte mich um den Rest des Frühstück, das wir dann lange und ausgiebig genossen. Die Tageszeitung war immer dabei. Zeitungen und Fachzeitschriften waren wichtig, für Bücher fehlte dir die Ruhe. Wir ließen uns für alles sehr viel Zeit und versuchten, in diesen gemeinsamen Stunden den Rest der Welt ein wenig auszublenden. Eigentlich waren wir darin nach all den Jahren sehr geübt, aber es hatte sich etwas geändert. Seitdem deine Frau nun Bescheid wusste, warst du nicht wirklich erleichtert, sondern immer häufiger angespannt, nicht wissend, wie sie damit umgeht. Daran hat sie sehr intensiv gearbeitet, denn sie wusste, dass dies dein „Schwachpunkt" war. Vor deiner jeweiligen Abreise bei mir waren unsere nächtlichen Umarmungen besonders leidenschaftlich, wir mussten „auftanken" für die kommenden Tage. In besonders nahen Momenten flüstertest du: „Mon Dieux, arrêtez le temps, que ca puisse dûrer" (Lieber Gott, halte die Zeit an, damit das andauert). Am Dienstagmorgen brachtest du mich zur Uni und fuhrst zurück ins Elsass, immer mit der Sorge, in welcher Verfassung du deine Frau vorfinden würdest.

1998 hatten wir unser 30jähriges „Jubiläum" und reisten nach Venedig. Ein traumhafter Kurzurlaub, auch wenn uns solche Jahrestage nicht wirklich wichtig waren. Jeder Tag, den wir miteinander hatten, war wunderbar und wir haben ihn auf unsere ganz eigene Art zelebriert. 2000 ging es dann nach Aix-en-Provence, wo unser Chor bei den Festspielen engagiert war. Wir wohnten bei Apt im Luberon und du zeigtest mir die Segelflugplätze um Sisteron, wo du im dortigen Partnerclub fast jährlich mit Bernard und oft auch deinem Sohn eine Segelflugwoche verbracht hast. Über die Jahre kamen auch von dort regelmässig deine kurzen Briefe „Ich war gerade drei Stunden in der Luft und du warst immer bei mir" – es war jeweils die Woche mit deinem Namenstag – „die klopfen schon ungeduldig an meine Tür, weil sie auf den Champagner warten". Diese Tage waren immer eine entspannte Zeit für dich.

Im Folgejahr kamst du mit mir nach Kanada, wo wir meine Freundin Dorothee besuchten, deren Familie an einem der vielen Seen nördlich von Toronto ein schönes Blockhaus hatte. Keine leichte Aufgabe, dich dazu zu überreden! Du hattest vor allem Zweifel, ob du dich in dieser Einsamkeit nicht schrecklich langweilen würdest. „Keine Bange", sagte ich, „an dem Haus gibt es immer etwas zu reparieren". Und so war es auch. Wir hatten eine wundervolle Zeit dort. Leider werden wir uns besonders an unsere Rückreise am 10. September 2001 erinnern, denn kaum zu Hause angekommen, krachten die Flugzeuge in die Twin Towers des New Yorker World Trade Center. Danach wurde auch der Luftraum über Toronto gesperrt und wir hätten einige Tage dranhängen müssen.

Dieser denkwürdige Urlaub 2001 war unsere letzte gemeinsame große Tour.

Deine Kondition ließ spürbar nach und es gab nur noch hin und wieder eine Kurzreise, auch die Skiurlaube fielen bald weg. Deine Hüfte machte mehr und mehr Probleme und die häusliche Situation erforderte deine Anwesenheit, weil sich auch die Schmerzen und Arzttermine deiner Frau häuften. „Ich habe jahrelang so sorglos und glücklich gelebt, vermutlich muss ich jetzt dafür bezahlen!" Diese Meinung teilte ich nicht, aber ich konnte sie dir nicht nehmen.

2004 fuhr ich zum 90. Geburtstag meiner Mutter nach Hamburg. Ich tat es für sie, ansonsten hätte ich gerne auf diesen Tag verzichtet. Ich war sehr erschrocken über ihren Gesundheitszustand. Ich hatte sie lange nicht gesehen, zumal mein Vater, zu dem ich zu diesem Zeitpunkt kaum noch Kontakt hatte, ihr die regelmäßigen Besuche (2 x jährlich) bei mir und meinem Bruder sehr verübelte. So wie er allen alles sein ganzes Leben lang verübelte. Seit er das Arbeitsleben hinter sich gelassen hatte, und mich nicht mehr unter seine „Fittiche" nehmen konnte, waren die Dinge eskaliert. Er brauchte den Streit wie die Luft zum Atmen. Und nachdem die beruflichen Fronten wegbrachen, blieben halt nur die Frau und die Kinder. Er war niemals wirklich zufrieden. In sich ruhend, das habe ich keine Sekunde bei ihm erlebt. Letztlich ein armer Mensch. Ohne wirkliche Freunde, allenfalls viele Kameraden während seiner aktiven Sportlerzeit. Meine Mutter hat all die Jahre versucht, sich ihre Freiräume zu schaffen, aber grundsätzlich lebte sie nach seinem Diktat. Die beiden haben sicher aus Liebe geheiratet, aber ich denke, am Ende seines Lebens ist sie nur bei ihm geblieben, weil er ihr leid tat und sie ein großes Pflichtgefühl ihm, dem nun Schwächeren, gegenüber empfand. Dass ich dieses emotionale Erbe nicht antrete, war mir früh klar. Sicher rührt auch daher mein unbedingter Wille nach Unabhängigkeit. Wer mich eingeengt hätte, den hätte ich auf der Stelle verlassen.

Je älter mein Vater wurde, desto zorniger wurde er auch. Er konnte sich schon länger nicht mehr gut bewegen, saß im Rollstuhl und machte sich seine trüben Gedanken. Das gipfelte darin, dass er sogar meinen Bruder und mich verklagte, zum Teil mit Unterstellungen, zum Teil mit Unterschriften, die ich auf früheren Dokumenten leichtsinnig erteilt hatte „aus steuerlichen Gründen" – damals habe ich ihm noch vertraut, wie konnte ich das ahnen! Vor meiner Mutter hielt er alles geheim, und sie fiel jedes Mal aus allen Wolken, wenn Briefe vom Gericht kamen. Das Ganze hat das Verhältnis der beiden dann wirklich zerrüttet. Er warf ihr vor, dass sie sich nicht auf seine Seite gestellt und mit kämpft. „Ich stelle mich doch nicht gegen meine Kinder und schon gar nicht mit diesen Unwahrheiten!" Wäre er nicht damals schon so gebrechlich gewesen, wer weiß, vielleicht hätte sie den Mut gehabt, ihn zu verlassen. Bevor er Anfang 2005 starb, habe ich ihn noch ein letztes Mal gesehen. Er tat sehr gerührt, aber mich bewegten seine Emotionen nicht mehr. Ein trauriges Ende. Über Jahrzehnte hatten wir, wenn auch mit Spannungen, erfolgreich zusammen gearbeitet und viel erreicht, doch meinen Anteil oder den meiner Mutter daran sah er nicht. Seiner Meinung nach war er allein für allen geschäftlichen Erfolg verantwortlich.

Meine Mutter war nach dem Tod ihres Mannes wirklich befreit und entschloss sich, zurück in die Heimat und zu ihren Kindern zu ziehen. 3 1/2 Jahre verbrachte sie hier noch in einem Seniorenstift ganz in unserer Nähe. Aber sie hatte in den zuletzt schwierigen Jahren mit meinem Vater deutlich Federn gelassen. Bei einem meiner Besuche meinte sie: „Eigentlich sollte ich mich bei euch entschuldigen, euch diesen Vater vorgesetzt zu haben." Das belächelten wir natürlich, denn wie soll man diese Dinge voraussehen, wenn man verliebt ist und heiratet. Während meine Mutter sich mit zunehmendem Alter immer mehr zu einem „Seelchen" entwickelte, hatte die dunkle Seite bei ihrem Mann mehr und mehr Raum eingenommen. Ich hätte meiner Mutter mehr Liebe und Geborgenheit für ihre letzten Jahre gewünscht.

Auch deine Situation zuhause wurde immer schwieriger. Deine Frau hatte sich zwar entschlossen, mit dir weiterhin unter einem Dach zu wohnen, doch sie zeigte dir, wie krank *du* sie seit vielen Jahren machst. Es häuften sich Ohnmachtsanfälle, sie wurde immer schwächer, unternahm sogar zwei Selbstmordversuche. Allerdings nur, wenn du zu Hause und greifbar warst. Vermutlich tat sie das unbewusst, aber sie wollte eine Situation erzwingen, die sich nicht erzwingen ließ. Du musstest jeweils den Notarzt rufen, und beide Male bekam der Arzt von ihr die ganze Geschichte zu hören, woraufhin er dir empfahl, die Sache möglichst zu beenden „weil Ihre Frau daran zugrunde geht". Doch er übersah etwas. Nicht nur sie ging daran zugrunde, du warst auch auf bestem Wege. Aber du konntest nicht anders, fühltest dich schuldig, dass gerade du, der große Kümmerer, nahezu ihr Leben auf dem Gewissen hast. Von Anfang an warst du bemüht, deiner Familie ein ordentliches „Nest" zu schaffen.

Und das war nun daraus geworden. Sobald du „auszufliegen drohtest", wurde deine Frau krank. Sie war äußerst geschickt darin, ihre Arzttermine so zu legen, dass es unsere Pläne regelmäßig durchkreuzte. Wer will ihr das verübeln, sie hatte keine andere Waffe. Gute Stimmung kanntest du zuhause nicht mehr. Natürlich sorgen chronischen Schmerzen nicht für gute Laune, ich glaube allerdings, dass ihre Leiden weitgehend psychosomatischer Natur waren. Ganz gewiss nicht eingebildet, nein, sie hatte tatsächlich Herz-Rhythmusstörungen, starke Arthrose und Venenbeschwerden, aber ich bin sicher, dass ihre Psyche für vieles ursächlich war. Dein schlechtes Gewissen wuchs mit ihren Beschwerden, und so verdoppeltest du deine Umsicht und Hilfe.

Trotzdem hat sie hoch gepokert, denn bei so bewusstem Einsatz erheblicher Beschwerden kann auch mal etwas schiefgehen. In ihrer Abhängigkeitsposition konnte sie sich vermutlich nicht anders helfen. Du warst nicht nur der Ernährer deiner Familie, sondern auch derjenige, der sich um alles kümmerte. Deine jährlichen vierwöchigen Betriebsferien waren immer geblockt für Instandhaltungen am Haus, das war „Gesetz" und du hast es auch sehr gerne gemacht. Du regeltest alles Finanzielle, der Familie sollte es an nichts fehlen. Wirtschaftlich gab es in der Ehe nie einen Grund für deine Frau, zurück in den Beruf zu gehen, außerdem war sie mit Haus und Kindern voll ausgelastet.

Je mehr ihr ihre Lage klar wurde, desto mehr brach sie ein und ihre Herzanfälle häuften sich. „Jetzt habe ich schon über dreißig Jahre keinen Mann mehr, und du bleibst nicht einmal zu Hause, wenn du alt wirst! Ich brauche deine Hilfe und du bist nicht da." Solche Szenen hast du gefürchtet und dein schlechtes Gewissen wuchs. Das übertrug sich natürlich auch auf die Zeit, die wir beide miteinander hatten. Du kamst gar nicht mehr zur Ruhe, und auch ich begann, unsicher zu werden. Zeitlebens warst du jemand gewesen, der Entscheidungen gut und zielsicher treffen konnte, sei es im Beruf, mit den Kindern oder früher bei der Fliegerei. Aber Konflikten im Zwischenmenschlichen gingst du aus dem Weg. Und dieser Konflikt führte dich an deine Grenzen, weil du keinen Ausweg finden konntest. Kleinere gesundheitliche Probleme stellten sich ein, und ich prophezeite dir, dass das alles Vorboten seien und dich der Spagat zwischen Pflicht und Kür eines Tages sehr krank machen oder sogar umbringen würde. „Wenn es dir nicht gelingt, bei mir loszulassen, wird das genau solche

ernsthaften Folgen haben wie bei deiner Frau!"
Deine Antwort war stets die gleiche: „Egal, wie es
kommt, das ist es mir wert. Du bist für mich die
Erfüllung all' meiner Träume und deine Liebe ist
für mich ein großes Geschenk. Ich würde mich immer wieder so entscheiden." Ich hätte mit meiner
Vorahnung sehr, sehr gerne Unrecht gehabt.

Ich wollte dich schützen und den Druck von dir
nehmen, aber ich hatte keine Chance. Irgendwann
konnte ich nicht mehr. Ich wollte weder, dass deine
Frau mein Leben diktiert, noch zusehen, wie du
daran zugrunde gingst. Ich musste eine Entscheidung treffen und bat dich ernsthaft, nicht mehr zu
kommen. Du warst geschockt. Ein schrecklicher
Moment, wir weinten beide sehr. Wir packten
deine Sachen, du fuhrst zurück nach Hause und
ich blieb ziemlich aufgelöst zurück. „Keiner hat
meine Mutter jemals mehr geliebt", schrieb mir
Mark aus Asien, „diese Situation haltet ihr im Leben nicht durch". Er kannte uns sehr gut. Du riefst
nach wie vor regelmäßig an und ich bekam viele
kleine Briefe, die mir deine Verzweiflung vermit-
telten. Einem lag eine CD von Jaques Brel bei. Im
Booklet hattest du ein Lied markiert und ich hörte
es wieder und wieder. „Ne me quitte pas" – verlass
mich nicht. Aus jeder Silbe deiner Briefe las und

hörte ich deine Trauer. Ja, du respektiertest meine Entscheidung, aber sie hatte dir jeglichen Lebensmut, jegliche Lebensqualität genommen. Zu Hause neben einer Frau, die immer weiter erkrankte, wofür du dir die Schuld gabst, und weit weg eine Frau, die du nicht lassen wolltest und der du versprochen hattest, nicht mehr zu kommen. Mark hatte es dir schon Jahre zuvor ein wenig verübelt, dass du nicht irgendwann die Entscheidung getroffen hast, dich zu trennen. Aber ich habe ihn stets gefragt: „Was hätte ich denn davon? Ich habe meine Freiheit *und* Yves, und er muss seine Frau nicht ins Unglück stürzen, bzw. wohlmöglich die ganze Familie." Du warst schon damals überzeugt davon, dass deine Frau sich wirklich das Leben genommen hätte, und das hätte dich ganz sicher von deinen Kinder entzweit. Aber wo waren wir jetzt gelandet? Es war einfach schrecklich. Ich wusste, deine Briefe waren keine leeren Worte, du hast in jeder Minute gelitten. Und ich wusste, dass dich das über kurz oder lang krank machen würde. Wie Mark es vorausgesehen hatte, fuhrst du drei Wochen später nach einem Flug von Hamburg nicht ins Elsass, sondern kamst vom Frankfurter Flughafen direkt zu mir. Wir nahmen uns in den Arm und wussten, ohne ein Wort darüber verlieren zu müssen, es geht nicht

———

ohne einander. Es konnte nur gemeinsam weitergehen, wir mussten das einfach schaffen. Doch das Leben hat oft andere Pläne und unsere Situation wurde nicht leichter. Die Krankheiten deiner Frau ließen keine Regelmässigkeit mehr zu und darunter litten wir beide. Dazu kam, dass die Elektronik an deinem Auto immer wieder Probleme machte, was deine Abreise verhinderte, weil es abgeschleppt werden musste. Die Mechaniker in der Werkstatt waren lange ratlos.

Auch bei mir stellten sich erste Beschwerden an Knie und Schulter ein und ich merkte, dass mir das Tennisspiel, das mich bisher am stärksten von meinen Sorgen ablenken konnte, zunehmend schwerer fiel. Patricia drängelte schon seit Jahren, dass ich doch endlich mit ihr Golf spielen solle, aber ich wollte nie so lange weg sein, wenn du bei mir warst. Tennis hatten wir oft zusammen gespielt, aber für Golf konnte ich dich nicht begeistern. Trotzdem wolltest du, dass ich es mache, „wer weiss, wie lange ich noch kommen kann mit meinen inzwischen starken Hüftschmerzen". Also habe ich mich entschlossen und bin dir rückwirkend für deinen kleinen Anschubser dankbar.

—

Abschied

Die meisten Menschen altern in Schüben, aber bei dir war es ab 2002 kontinuierlich zu beobachten. Du warst nie wirklich krank gewesen, hattest eigentlich ein recht stabiles Immunsystem, doch nun häuften sich die Beschwerden merklich. 2001 entdeckte man bei einer Routineuntersuchung einen Knoten an der Schilddrüse, der radioaktiv entfernt wurde. Von diesem Eingriff hast du dich nie wieder vollständig erholt. Du wurdest schnell müde, und wir passten unseren Lebensstil an die neuen Verhältnisse an. Im März 2002 quälten dich starke Schmerzen und dein Arzt schickte dich aus seiner Praxis direkt ins Krankenhaus, wo man dir einen Nierenstein entfernte, der sich hinter der Leber festgesetzt hatte. Deine Haut war bereits gelblich verfärbt. Immer wieder plagte dich eine lästige Bronchitis und die häusliche Situation zog dich mehr und mehr runter. Dazu kamen Hüftprobleme, die du lange versuchst hast, zu ignorieren. 2005 riet man dir zu einer Operation, aber du wolltest sie hinauszögern, solange es geht. „Wenn ich mich jetzt operieren lasse, können wir uns eine längere Zeit nicht sehen, und wer garantiert mir, dass ich hinterher überhaupt noch einmal zu dir fahren kann?"

Im Sommer 2007 plagten dich heftige Schluckbeschwerden und deine Abreise hinterließ mich voller Angst. Man sah dir deine Schmerzen an und du musstest häufig erbrechen. Die Diagnose erhieltest du dann genau an deinem 78. Geburtstag, am 6.8.2007: Ein bösartiger Tumor in der Speiseröhre, direkt auf der Magenklappe. Ich erfuhr es am selben Abend. Ein grauenhafter Moment. Es war schlimm, dich nur am Telefon zu haben und nicht bei dir sein zu können. Ich versuchte trotzdem, dir Mut zu machen, denn jetzt brauchtest du alle Kraft, um den Kampf gegen diese Krankheit aufzunehmen. Du wusstest, welche Maßnahmen nun auf dich zukommen würden und warst zunächst optimistisch. Die Ärzte hatten dir eine günstige Prognose gegeben, dieses Krankheitsbild hätte man schon öfter in den Griff bekommen, man sei zuversichtlich. Das beruhigte mich ein wenig, und wir bestärkten uns gegenseitig in der Hoffnung, dass alles gut werden kann. Ich riet dir allerdings von der geplanten Chemotherapie ab. Einen Tumor kann man heute viel gezielter bestrahlen, sagte ich, doch die Ärzte versicherten dir wohl recht glaubhaft, dass eine Chemotherapie mit all ihren Konsequenzen das Mittel der Wahl sei. Ja, den Tumor haben sie damit zerstören können, aber den Mann leider auch. In den Wochen der Behandlung, die nun folgten, verlorst du deine ganze Kraft. Zurück blieb ein schwacher, alter Mann. Du konntest hin und wieder zu Hause sein, aber häufige Krankenhausaufenthalte wurden erforderlich. Dort habe ich dich besucht und konnte beobachten, wie du immer weniger wurdest. Irgendwann konnte deine Frau die Pflege nicht mehr leisten und wie mir Bernard am Telefon sagte, suchte sie nach einer Einrichtung in der Nähe, doch zu deinem dortigen Einzug kam es nicht mehr. Du bautest rasch ab und musstest immer wieder ins Krankenhaus.

Bei meinen Besuchen dort war ich sehr vorsichtig, um deiner Frau nicht zu begegnen. Die ganzen Jahre bin ich nicht persönlich in Erscheinung getreten und in diesem Zusammenhang musste sie mich wirklich nicht kennenlernen. Ich wusste, wann sie die Klinik verlässt, sah sie auf dem Parkplatz wegfahren und dachte nur: „Mein Gott, sie ist eine kranke Frau". Man sah ihr an, dass ihr Leben nicht sorgenfrei verlaufen war. Ein gekrümmter

—

Gang durch die Arthrose und sicher auch durch den Kummer und nun die Angst um ihren Mann.

Das letzte Mal sah ich dich im Dezember 2007. Du warst unglaublich eingefallen. Ein schlanker Kerl warst du zwar immer, doch nun sah man, was die Krankheit mit dir machte. Auch deine Augen hatten jeglichen Glanz verloren. Glücklicherweise musste ich nicht alleine mit dem Auto fahren, mein Bruder und meine Schwägerin haben sich kurzfristig entschlossen, mich hinzubringen, nachdem ich erzählt hatte, wie schlimm die Rückfahrt jeweils war, unterbrochen von mehrmaligem Stopp, weil ich die Tränen nicht zurückhalten konnte. „Auf keinen Fall fährst du wieder alleine dort hin, das ist viel zu gefährlich!" Ich war dankbar für diese Hilfe. Ganz geduldig haben sie nach zwei Stunden Autofahrt in einem Café in der Nähe gewartet, bis ich meinen Besuch bei dir beenden musste. So schwer es mir fiel, dich so schwach zu sehen, ich war froh um jede Minute, die wir noch miteinander hatten und ich wusste, dir geht es genauso. Mein Besuch hat dich sehr aufgewühlt und du hast viel geweint. Bei unserem letzten Abschied war mir trotzdem nicht klar, dass ich dich nicht mehr sehen würde.

Fast täglich hörte ich Edith Piaf, während ich mit den Tränen kämpfte.

"

Mon Dieu! Mon Dieu! Mon Dieu!
Laissez-le-moi
Encore un peu,
Mon amoureux!

Un jour, deux jours, huit jours...
Laissez-le-moi
Encore un peu
A moi...

Le temps de s'adorer,
De se le dire,
Le temps de se fabriquer
Des souvenirs.

Mon Dieu! Oh oui... mon Dieu!
Laissez-le-moi
Remplir un peu
Ma vie...

Mon Dieu! Mon Dieu! Mon Dieu!
Laissez-le-moi
Encore un peu,
Mon amoureux.

———

Six mois, trois mois, deux mois …
Laissez-le-moi
Pour seulement
Un mois …

Le temps de commencer
Ou de finir,
Le temps d'illuminer
Ou de souffrir,

Mon Dieu ! Mon Dieu ! Mon Dieu !
Même si j'ai tort,
Laissez-le-moi
Un peu …
Même si j'ai tort,
Laissez-le-moi
Encore …

"

[Lieber Gott, lass' mir meinen Liebsten noch ein wenig, einen Tag – zwei Tage – acht Tage, lass' ihn mir noch ein wenig. Zeit, um sich leidenschaftlich zu lieben, sich immer dasselbe zu sagen, Zeit, um Erinnerungen aufzubauen. Lieber Gott, lass' ihn mir noch ein wenig, um mein Leben auszufüllen, sechs Monate – drei Monate – zwei Monate lass' ihn mir nur noch einen Monat. Zeit, um zu beginnen oder zu beenden, Zeit, zu erhellen oder zu leiden. Selbst, wenn ich Unrecht (Schuld) habe, lass' ihn mir noch!]

Mitte Januar 2008 bekam ich plötzlich große Angstgefühle. Noch vor Weihnachten hatte ich mit dir telefoniert und nun konnte ich dich nicht mehr erreichen. Ich erinnerte mich an das Angebot von einst, in so einem Fall deinen Freund Bernard zu kontaktieren und wählte seine Nummer. Bernard wusste nichts Genaues, versprach aber, bei dir vorbeizugehen. Noch am Abend rief er zurück und erzählte von deinem Zusammenbruch an den Feiertagen, du würdest mich aber schnellstmöglich anrufen. Und das tatest du auch. Ich atmete auf, allerdings nur für kurze Zeit, denn dein Gesundheitszustand erlaubte es dir immer seltener, dich bei mir zu melden. Du hattest jedoch Bernard gebeten, mich zwischendurch immer mal wieder zu informieren. Zum letzten Mal sprachen wir uns im Juni 2008 telefonisch im Krankenhaus. Du warst so geschwächt, dass dir der Telefonhörer aus der Hand fiel, und ich habe noch heute die Tränen in den Augen, wenn ich daran denke. „Lass los, wenn du keine Kraft mehr hast", sagte ich mit zugeschnürter Kehle. Ich wollte schnellstens kommen, doch du batest, es zu verschieben: „Komm noch nicht. Die wollen nochmal operieren, aber ich weiß nicht, was." Das waren die letzten Worte, die ich mit dir wechselte.

Kurz darauf wollte ich erneut Bernard anrufen, und mich nach dir erkundigen, erinnerte mich aber, dass er gerade in Italien war bei den Segelflugweltmeisterschaften, an denen sein Sohn teilnahm. Ich flog für einige Tage mit einer Freundin nach Mailand zu einer Aufführung in der Scala und verlegte das Telefonat auf die Zeit danach. Unvergessen bleibt mir, dass ich im Mailänder Dom eine Kerze für dich anzünden wollte. Es gab nur noch eine letzte und die war völlig verbogen. Es gelang mir nicht, sie gerade aufzurichten und in diesem Moment war sowohl mir als auch meiner Freundin klar: „Yves ist gestorben."

Bernard bestätigte es mir nach meiner Rückkehr. Er selbst wusste es auch erst seit zwei Tagen. Am 5. Juli warst du im Krankenhaus verstorben. Über die genauen Umstände hatte er keine Informationen, aber du warst schon einige Zeit zuvor nicht mehr bei Bewusstsein, nachdem du dich bei einem Sturz aus dem Bett am Kopf verletzt hattest. Mehr wusste er nicht, aber wir hofften beide, dass dein Herz aus der Ohnmacht heraus aufgehört hatte zu schlagen, und du keine Schmerzen mehr ertragen musstest. Die Familie gab erst spät deinen Tod bekannt, man schaltete keine Annonce in der Zeitung, es gab keine öffentliche Trauerfeier und Bernard wusste nicht, wie und wo du bestattet warst. Nach diesem Telefonat hörte ich nichts mehr von ihm und ich rief ihn auch nicht mehr an. Er wird seine Gründe gehabt haben und die musste ich akzeptieren. Deine Frau war Bernard über all die Jahre natürlich näher als ich, und es ist gut möglich, dass er deshalb keinen Kontakt mehr gesucht hat.

Zunächst war ich wie gelähmt. Ich fand es immer ungeheuer kitschig, wenn ich irgendwo las, „die Welt hatte aufgehört, sich zu drehen", aber genau so fühlte es sich für mich an. Ich trauerte vor allem um die Umstände deines Todes, die mir keine Begleitung möglich machten. Meine große Liebe, mit der ich über vier Jahrzehnte leben durfte, starb, ohne dass ich seine Hand halten konnte. Du starbst ohne mich. Ohne die Frau, die du liebtest. Ich weiß, dass das auch für dich das Schlimmste war, und blieb mit diesem Wissen unendlich traurig zurück.

Es fiel mir sehr schwer, die Endgültigkeit zu begreifen und ich erinnerte mich an ein Lied von

—

Gilbert Becaud: „Et maintenant, que vais je faire de tout le temps que sera ma vie?" (Und jetzt, was mache ich jetzt mit all der Zeit, die mein Leben noch ausmacht?)

Glücklicherweise hatte ich in dieser Zeit viel privaten Rückhalt. Patricia, mein Bruder, seine Familie, mein weiterer Freundeskreis – alle waren für mich da. Vor allem aber hat mir das Golfspiel geholfen. Ich ging möglichst spät, die Tage waren ja noch lang und ich konnte in der Ruhe der Natur mit wenigen, aber vertrauten Menschen und der Konzentration auf den Sport wieder zu mir finden.

Per Rundbrief habe ich die wichtigsten Freunde informiert und es kamen viele liebe Schreiben zurück. Ich fuhr ins Elsass und dachte, dort vielleicht ein Grab zu finden, aber im Rathaus bekam ich die Information, dass die Familie die Urne mit nach Hause genommen hat. In Frankreich ist das erlaubt. Das hatte natürlich mit mir zu tun, denn sie wollten sicher verhindern, dass ich bei einer Trauerfeier auftauche.

Ich hatte jetzt Gewissheit, dass kein Grab zu finden ist, doch es schmerzte nicht. Ich brauche keinen Ort, an dem ich um dich weinen kann, zumal ich unsere gemeinsame Zeit nicht mit dem Elsass verbinde. Dort haben wir nicht zusammen gelebt.

———

Im September des gleichen Jahres musste meine Mutter, die noch in hohem Alter viel Lebensqualität hatte und immer fit und gesund war, wegen einer routinemäßigen Darmspiegelung ins Krankenhaus. Leider erhielt sie dort eine fehlerhafte Medikation, die in der Folge zu leichten Bewusstseinsstörungen führte. Sie stürzte und brach sich das Handgelenk. Kurz darauf ein erneuter Sturz, das Gelenk war noch nicht verheilt, ein erneuter Bruch – das war der Anfang mehrerer schlimmer Wochen. Wegen einer Thrombose wurde sie kurz darauf erneut ins Krankenhaus eingewiesen und ich vermute, dass sie sich von dort einen Infekt mitgebracht hat. Sie quälte sich mit Erbrechen und erholte sich nicht mehr. Diese letzten Wochen hätte ich ihr gerne erspart. Sie starb kurz vor ihrem 94. Geburtstag – vier Monate nach dir. Jetzt hatte ich das Gefühl, dass ich unbedingt mal „abtauchen" muss und fuhr für eine Woche nach Baden-Baden, um Abstand zu bekommen.

Im kommenden Frühjahr fuhr ich wieder ins Elsass und ging zu deinem Elternhaus – dein Vater hatte es gebaut, du hattest viel davon erzählt, zumal es für die damalige Zeit architektonisch etwas Besonderes war. Jetzt bewohnte es deine Schwester mit Familie. Dein Schwager arbeitete gerade im Garten und ich sprach ihn an, erzählte ihm, dass ich dich gut gekannt habe, jetzt mit Freunden hier sei und wir gerne dein Grab besuchen würden. Von ihm erfuhr ich dann, dass alle erstaunt waren, wie spät die Familie deinen Tod bekanntgegeben hat, und dass tatsächlich keine Trauerfeier stattfand, was niemand verstehen konnte.

Ich habe mir noch oft überlegt, ob ich Kontakt zu deiner Tochter aufnehmen soll, aber Mark riet mir davon ab. „Lass sie in Ruhe, was soll das bringen?" Dein Sohn und die ältere Tochter wissen von mir. Die beiden haben irgendwann nachgehakt, als ihr Vater längst pensioniert war und trotzdem so häufig wegfuhr. Ich weiss, dass du ihnen von mir erzählt hast. Dein Sohn reagierte seinerzeit zornig, die Tochter gemäßigt. „Es ist dein Leben, aber tu' unserer Mutter nichts an". Geahnt haben sie es lange. Lediglich bei deiner jüngsten Tochter bin ich mir nicht sicher, ob sie von mir erfahren hat. Ich wüsste gerne, was aus ihnen allen geworden ist, zumal ich ihr Leben so lange „begleitet" habe. Ich hörte von ihren Sorgen und Nöten, freute mich für ihre Erfolge, und habe mit ihnen und dir gelitten, als sie sich von ihren Ehepartnern getrennt haben und nun ist es, als wären sie mit dir gestorben. Doch ich werde mich nicht melden, vermutlich würden sie mich auch ablehnen. Diese Dinge wollen Kinder von ihren Eltern nicht wissen.

Für sie warst du in erster Linie ihr Vater und nicht ein Mann mit eigenen psychischen wie physischen Bedürfnissen. Es wäre also ein Wunder, wenn sie mich mit offenen Armen empfangen würden.

Hin und wieder fahre ich noch ins Elsass, zuletzt haben mein Bruder und ich unserer Tante einen „Elsass-Tag" zum Geburtstag geschenkt. Nur einen Katzensprung von deinem Haus entfernt aßen wir zu Mittag. Dort sah ich das Schild „A vendre" – zu verkaufen. Ich rief am Folgetag den Makler an, heuchelte Interesse und erfuhr, dass eine alte Dame das Haus verkauft und zu ihrer Tochter nach Straßburg ziehen wird. Eine gute Entscheidung, wie ich fand, denn vermutlich hatte deine Frau weder die Mittel noch die Kraft, das Haus zu halten. Bei der jüngsten Tochter ist sie mit Sicherheit besser dran, zumal ich von dir wusste, dass diese mit ihrem Mann als Geldanlage eine zweite Eigentumswohnung in ihrem Haus gekauft hat. Vermutlich wird deine Frau dort einziehen. Trotzdem hat sie sicher euer gemeinsames Haus, an dem sie so sehr hing, nicht gerne verlassen. Ich wünsche ihr von Herzen, dass sie Frieden findet.

Ich spreche noch immer viel mit dir, besonders abends vor dem Einschlafen. Du fehlst mir sehr, ich hätte dich so gerne noch behalten. Die Abende werden mir manchmal lang, da kann der beste Freundeskreis nicht helfen, so dankbar ich für diese Menschen bin. Ich vermisse unsere Gespräche. Du fehlst mir natürlich auch nachts. Ich schlafe alleine ein, ich wache alleine auf. Durch dich hatte ich das Ausschlafen gelernt – „faire la grasse matinée" (fetter Vormittag) Oft habe ich jetzt Schlafprobleme, wache sehr früh auf und kann nicht mehr einschlafen. Dem gebe ich dann nach, stehe auf und hoffe, dass die Zeitung schon da ist. Manchmal hilft mir auch ein Obstler wieder einzuschlafen, weil er den Magen beruhigt. Du hattest mir ab und an die schönsten Weine und Schnäpse aus dem Elsass mitgebracht, obwohl du selbst gar keinen Alkohol mochtest. Glücklicherweise hatte ich schon immer eine gute innere Bremse, bereits der zweite Schnaps schmeckt mir nicht mehr.

Vor wenigen Monaten habe ich mich erst von deiner Kleidung getrennt. Das Meiste verschenkt, die teuren Gürtel für meinen Bruder, zwei Krawatten für Mark, die anderen wollte er nicht, er hat seinen eigenen Geschmack.

Ich erinnere mich, dass ich vor einiger Zeit wissen wollte, ob du an ein Leben nach dem Tode glaubst. Deine Antwort kam schnell: „Das würde ich gerne, wenn ich wüsste, dass ich dich dort wiederfände."

—

Ich habe die wahre Liebe im Leben erfahren dürfen und bin dafür sehr dankbar. Ich konnte mir immer meine Eigenständigkeit bewahren, war stets frei in meinen Entscheidungen. Dennoch würde ich keiner Frau empfehlen, die „Geliebte" eines verheirateten Mannes zu sein, vor allem nicht, wenn man dessen Familie über den Weg laufen kann. Wir beide hatten es leicht, es gab keinerlei Risiko, jemandem zu treffen, dem man nicht begegnen wollte. Dafür begleitete uns – vor allem dich – ein schlechtes Gewissen. Wir haben unsere Zeit ganz intensiv miteinander genossen, nicht mit der Brechstange dieses und jenes erleben wollen, sondern alles mit ganz viel Liebe und Gelassenheit getan. Mit Schmetterlingen im Bauch, die bis zum Schluss flatterten, aber nicht aufgeregt, sondern fröhlich. Ich hielt dieses Wort oft für übertrieben und kitschig, aber wenn man es erlebt hat, relativiert sich das. Ich erinnere mich an die Worte meiner Mutter: „Man spürt förmlich, wie sehr du für Yves die absolute Erfüllung bist, und ich hoffe, es geht dir mit ihm ebenso." Ja, das kann ich aus tiefstem Herzen sagen, ich habe es nie bereut und würde mich immer wieder so entscheiden. Schließlich hat das Leben mir eine Liebe geschenkt, die auch nach vierzig Jahren noch unverändert stark war.

—

Zeitfracht Medien GmbH
Ferdinand-Jühlke-Straße 7
99095 Erfurt, Deutschland
produktsicherheit@kolibri360.de